極光商會的執事們

李京蘭 著
陳品芳 譯

오로라 상회의 집사들

國外讀者好評——

讀者hr*16：**好久沒有讀到這麼溫暖又有趣的小說了！幾位主角的處境令人鼻酸，每個人物都十分生動，甚至有種我就住在極光公寓的錯覺。已經開始期待作者的下一部作品了！

讀者sk*6：**本書生動描繪了年輕人的徬徨，與中年男子的疲憊心境。透過李京蘭作家之筆，角色們以幽默、彼此照顧的心，度過了現在的茫然無助。最近這樣緊繃的社會氛圍下，越是該讀點溫暖有趣的小說！

讀者r*11：**這是一個集合了失業者、國考生、打工仔、離家中年與流浪貓的故事，雖然辛酸，卻讓人感到溫暖。這是對現實感到疲憊，需要溫暖安慰的我們都需要的一本書！只要身邊有一些人能夠理解、安慰彼此，就已經是很大的祝福。

讀者bo**hi：**書中角色是一群通常會被稱為魯蛇的人，對社會不斷要求的「努力」感到厭倦，但他們既不否定現實，也不對現實感到憤怒，只是展現同理。他們安慰彼此的方式，讓我也獲得了安慰。

讀者po*e：**在江南聚首的幾名青年，曾比任何人都要認真生活、都要拚命往上爬，卻又比任何人都逃避現實。人物之間的化學效應，讓故事讀起來流暢無比，讓人感到心情平靜。

目錄

西部片裡，來到陌生村莊的神槍手總是威風凜凜，可是民龍與然厚不僅沒有槍，更一點也不神氣，這裡自然也沒有西部片中不可或缺的黃沙滾滾。民龍懷裡抱著一個布包，裡頭裝了一隻半個身子露在外面的貓。然厚雙手各拉了一個行李箱，上頭分別放著棉被與枕頭。一路上，計程車司機接連打了好幾個噴嚏，好不容易把他們載到公寓門口，便粗魯地將車開走。

「哇，這公寓真的很老耶。聽說有四十年了？」民龍環顧著社區環境問道。

「是三十九年。」然厚隨口答道，他只顧著整理手邊的棉被，沒有多理會民龍。

走過刻有「極光公寓」的石碑，然厚這才抬頭打量整座社區。正門右手邊有商店用停車場，旁邊則是一棟「ㄇ」字型的雙層商店街。停車場地板的紅磚有些已經破損，有些則因為長年被車子輾壓而下凹變形。雖然五年前離開時，這裡的設備也已經有一定程度的老舊，但也沒有現在這麼淒慘。沒有重新粉刷的商店街外觀無比破舊，「一心不重產」、「超女吃小菜」、「平ㄣ髮型」等斑駁招牌，在在顯示這處公寓社區有多麼破敗。

居然來到這種地方。費盡千辛萬苦離開家，居然來到這種地方，然厚五味雜陳地拉著行李箱前進。柏油路年久失修，大大小小的破洞與變形的路面，都讓輪子發出極大的噪音，聲音像極了這座老舊破敗的社區，正想盡辦法咳出卡在喉嚨裡的老痰。

花圃裡的雜草已經長得比人的膝蓋還高。一般來說，公寓從不會任由雜草長到這個高度。從來都是只要稍微長出來一些，便會有人毫不猶豫地拿起除草機整頓。等除草機的聲音停下，芬芳的青草香便會整夜隨風飄散，安撫然厚內心深處的躁動，將他的心底染成一片翠綠。只是他開始上學後，逐漸認為這樣除草是件殘忍的事。他曾經想過，難道不能讓草隨意生長嗎？為什麼非要像學校的髮禁那樣，把全天下的草都除得一模一樣？學校的服儀規定要求學生不准更改褲管的長度與寬窄，那樣的褲子穿上身，連年輕學子都顯得老態龍鍾。學生們總是抱怨，為什麼要逼他們穿得像個老頭子，卻始終沒人有勇氣違抗，也沒有人敢大膽地不剪頭髮，只能乖乖將頭髮的生殺大權交給理髮師手上的剪刀。

「啊！是貓！」民龍大喊出聲。

只見一隻趴在車底的貓正一臉慵懶地看著他們。牠的眼睛先是瞇得細長，隨後又睜得老大，沒過多久又瞇了起來。

在然厚讀高中時，這附近的貓突然就多了起來。每晚都會出來餵貓的阿姨，為了這個問題跟街坊鄰居吵過很多次。社區裡的老人家氣呼呼地說，這些流浪貓根本不需要餵，應該全抓起來殺掉，而現在人稱「愛媽」的這位阿姨則把這些話當耳邊風。然厚當時對這件事沒什麼想法，無論貓是多是少、無論貓要不要趴在汽車底下，貓這種東西，他一點也不在乎。星期一二三四五六日他都得去補習班，他最關心的事情，只有怎樣才能翹課去江南站附近逛街，或去網咖玩一下遊戲，「區區的」貓，根本不足以讓他費心。

車底下的那隻貓毫無動靜，民龍下意識地抱緊懷裡的歐元。相較於民龍的緊張，貓的表情就像是在告訴民龍「怎樣啦？我只是累了，在這休息不行喔？」看民龍沒來由地緊張成這樣，然厚忍不住笑了出來。

「第六個陽臺是那邊嗎？最上面那一層樓的？」

來到一〇二棟前，民龍指著最上層的陽臺問。他第一次住公寓，會有這種反應也很正常。然厚記得自己小時候曾為此要過脾氣，說為什麼九〇三號旁邊是九〇五號，要大人把九〇四號房還來。當時他家就住九〇三號。那究竟是幾歲時的事？他已經不記得了，這是從大人那聽來的。而既然大人說他曾經做過這種事，那應該就是有吧。

「是第五個才對，公寓沒有四號。」

一〇二棟採開放式走廊的設計，警衛室依然有人駐守。走進老舊的社區，無論是空間還是時間，都有種重回過去的感覺，也讓然厚瞬間感到一陣暈眩。警衛依序打量了拉著行李箱的然厚與抱著貓的民龍，沒多說什麼便把視線移回監視器螢幕上。既然警衛沒問他們要去哪，那兩人也不好意思再問警衛其他行李的事，所以只是用眼神向警衛示意，便自顧自上樓去了。上樓一看才發現，昨天宅配寄出的行李已經放在公寓門口了。沒想到宅配速度這麼快，虧他們還特地把馬上會用到的東西放在行李箱裡，看來根本沒這個必要。這個社會真誇張，凡事都太著急了，地球似乎正用他們追趕不上的速度高速轉動著。

打開門，屋內濃厚的霉味撲鼻而來，從味道上判斷確實是空了很久的屋子。民龍把陽臺、主臥室、小房間、廚房旁的窗戶全部打開來通風，老舊的窗框不知道哪裡卡住，在開窗時發出了尖銳的金屬摩擦聲。他走到外頭，將面向走廊的那扇窗戶打開，讓空氣對流，試圖將屋內的霉味與熱氣吹散。

歐元從袋子裡爬了出來，在屋內四處走動。居住空間從狹小的考試院套房，換到這個名義上還算是一間公寓的地方，讓歐元反覆奔跑又停下，像是想確認這個空間究竟有多寬敞。牠的四隻小腳上很快沾滿了還沒清掃的灰塵。

「看來我們不用打掃了。」

然厚指著歐元輕笑，但一看到民龍怒目瞪著他，便趕緊拿出手帕充當打掃用的抹布。

「快點！動作快！」

但才擦到一半，民龍就癱坐到一旁，嘻笑著說：「喂，這房子也太大了吧，要擦到什麼時候啊？」

「是灰塵太多了啦！根本擦不完嘛！」

然厚繞了整間屋子一圈，又拿著抹布走進小房間。那是個正方形的房間，小時候都不覺得這房間很小，現在才覺得確實小了點。然厚抬頭看了看天花板，發現角落有著褐色的汙漬。畢竟是老舊公寓的頂樓，天花板會有任何東西也一點都不稀奇。小時候，然厚會在自己房間的天花板上貼滿螢光星星，他還記得自己每晚睡前都會數那些星星。當時他總會跳過九，在八之後就直接數十，超過十之後又重來，繼續一、二、三……這樣數下去。每次他數學考糟時，媽媽和妹妹總會拿這件事笑他，說他從小對數字的感覺就脫離常理。

「他們沒把瓦斯爐搬走。」

民龍說話的同時，還能聽見他正嘗試開瓦斯爐點火的聲音。

「壞掉了嗎？怎麼會丟著沒帶走？」

「哥，沒有壞耶，但你看這邊。」然厚指著一條被割斷的瓦斯管。

「是不是該去請他們來接上？」

「請誰？」

然厚本來掏出手機想撥電話，但聽完民龍的發問後，又將手機收了起來。

「我想我們得先去一趟超市了，哥。」

然厚丟下抹布，到廚房的水槽去把手洗乾淨。水龍頭一開，蓄積在水管裡的鐵鏽水便全流了出來。難怪剛剛在擦房間時一直聞到一股鐵鏽味。

「還得買點礦泉水回來。」

民龍要然厚等他一下，接著從背包裡拿出歐元的飼料跟碗，放在客廳中央。

「天啊，你居然還記得要帶飼料跟碗？」

「當然啊，這是我花錢買的耶。」

那個塑膠飼料碗看起來飽經風霜，居然是花錢買來的，說是從考試院廚房偷來，或是叫了中餐廳的外賣沒把碗盤還回去，直接留下來當飼料碗還比較合理。

附近超市的貨況已經大不如前。蔬菜看起來一點都不新鮮，貨架上的加工食品也寥寥無幾。居民們紛紛搬遷到其他地方，超市自然就成了這副德性，不知道還可以撐多久。兩人以前就不常到超市買東西，更不曾如此仔細地確認價格標示。然厚看了看民龍的臉色，然後挑了三塊裝的象牙香皂、洗碗精、六瓶共三千韓元的兩公升礦泉水、三十入的捲筒衛生紙等價格最低的生活必需品。

然厚拿起衛生紙時還忍不住抱怨：「用這個擦屁股一定很痛。」

但民龍絲毫沒有察覺然厚複雜的心情，只顧著看寵物飼料與零食。他仔細確認每一項產品的類型、原料，要是讀書有這麼認真，想必他現在就不會放棄考公職了。

民龍原本不是個愛貓貓狗狗的人。畢竟他光養活自己都有困難了，哪還有餘力去養寵物。他一直覺得養寵物是生活勤奮的人、生活無聊的人、手頭寬裕的人在做的事，直到他在考試院旁的巷子裡發現一隻貓。

那天，擺在電線桿下的紙箱動個不停，讓在一旁抽菸的民龍嚇了一大跳。是炸彈嗎？不對，炸彈哪可能會動？而且鷺梁津又不是什麼了不起的地方，誰會來放炸彈做恐怖攻擊……該不會是棄嬰吧？這裡又不是江南，是考試院旁邊耶！他躡手躡腳靠過去打開箱子一看，發現一隻只有拳頭大的小貓在裡頭看著他，對他喵喵叫個不停。原本緊張的民龍瞬間有些失望，又有些開心。他發出嘖嘖聲逗著貓玩，貓也以叫聲回應。那是隻灰白相間的小傢伙，微弱的叫聲像在回應民龍，又像在哀號。這該怎麼辦？民龍猶豫不決，最後決定把箱子整個打開。附近有不少愛媽，牠餓不死，在冬天來臨前應該就能長大，也不會凍死在這裡，這樣就夠了。貓又不需要擔心就業問題，比民龍的處境好多了。一想到這裡，他五味雜陳地嘆了口氣。

年過三十的他還沒有工作，也沒有未來規劃，更重要的是沒有女友。住在小小的考試院裡，房間裡連扇該死的窗戶也沒有，更關鍵的是，他也沒有錢。如果要細數他沒有哪些東西，那他能數上一整晚。不知為何，他在那一刻想起了這句話：只有我沒有養貓。養貓這件事，代表一個人有足夠的能力、環境，還有適合養貓的個性。只要有了這隻貓，應該就不必再因為自己缺東缺西而感到畏縮了吧？

考試院的總務消息跟鬼一樣靈通。民龍已經很小心了，卻還是在把貓帶回去後的一天內，就接到總務要他退房的通知。不對，不是總務的消息跟鬼一樣靈通，而是有人去打小報告。不是對面就是隔壁，如果猜錯就算了。如果他們能打個照面、一起喝杯酒，那對方肯定能當作沒這回事。只可惜他搬進考試院好幾個月了，卻從沒見過自己的鄰居，所以也沒什麼好怨的。考試院的總務深諳將人逼瘋的技巧。他每天早上都會通報一次，還剩五天、還剩四天。民龍求他再多寬限一個星期，總務卻反過來用悲壯的語氣告訴他，如果民龍不走，那要滾蛋的人就是他。民龍可不是那種人，他不願意看別人因為自己而受害。

然厚去找民龍那天，恰好是他把貓帶回去，受困在房裡的第四天。其實民龍之所以無法踏出房門一步，不完全是因為貓，更是因為出門這種高級行為，必須是要有現金、有沒被停掉的信用卡，或帳戶裡有存款才能做到的事。民龍身上沒有現金、帳戶裡沒有存款，只有一張沒用的現金簽帳卡，實在沒有選擇餘地。他雖然有一個存了兩百五十萬韓元的定存帳戶，但那是他曾進入職場打拚的最後一點證明、是讓他能不要鋌而走險的最後一道防線，也是代表他貧弱自信的具體象徵，因此他怎麼也不肯解約。但現在他必須動用這筆錢來租房子，找個能跟貓一起生活的地方，這也代表他必須搬離考試院。

「出去租一般套房，就沒有免錢的飯能吃了，你知道吧？」然厚拿著手機搜尋租屋情報，還不忘跟民龍再次確認搬離考試院的意願。

民龍待的考試院雖有位一板一眼的總務，但也因為他做事嚴謹，考試院該提供的白飯、湯、泡菜從沒缺過。飯鍋裡總有熱騰騰的白飯，湯鍋裡的湯則像怎麼也撈不乾的海水，這是民龍不願意離開考試院的第二個原因。第一個原因則是因為便宜，這也是考試院眾所皆知的好處。

「不選擇免錢飯，要選擇養貓。哥，你不會後悔吧？」

「喂！難道你希望我這輩子老死在考試院喔？還有！牠有名字，牠叫歐元！」

「叫歐元也太怪了吧，我們需要的不是歐元，是『合格』！這名字真是太奇怪了！」然厚嘻皮笑臉地回嘴。

「資本主義社會金錢至上！而且歐元是強勢貨幣！」

然厚雙眼緊盯著手機螢幕，焦慮地咬著指甲。

要阻止他咬指甲才行，民龍心想。每次然厚咬指甲，民龍都覺得自己有義務阻止他，但這次實在不得不忽視他咬指甲的行徑。畢竟然厚之所以會咬指甲，是因為真的擔心民龍無處可去，這也讓民龍瞬間心軟。

「這樣不行，我們得勤勞點，自己出去看房子了。用這些租屋網站看來看去，還是沒辦法確定房子實際的狀況，而且聽說上面有很多假情報。」

民龍跟在他身後，感覺然厚比自己更像哥哥，讓他忍不住笑了出來。如果真的有兄弟，大概就是這種感覺吧。民龍從一開始就很喜歡然厚，他們第一次見面是在某間補習班的教室。那天他問然厚喜歡啤酒還是燒酒，然厚笑說喜歡混著喝。然厚微歪著頭，一邊比著大拇指一邊對他笑，民龍覺得他這張笑臉肯定能騙到不少女生。後來，兩人翹掉那天剩下的課一起去喝酒，然厚雖比民龍小四歲，卻毫不在意地對民龍說半語，而民龍不僅沒有不高興，反而覺得淘氣又愛開玩笑的然厚很可愛。況且在補習班這種地方計較年紀輩分，只會惹人厭而已。

有一就有二，有二就有三，翹過一次課後，再翹課就容易多了。就在他們經過幾次翹課喝酒、醉生夢死後，民龍放棄公職考試，向補習班辦理退費。當初他一口氣付了六個月的補習費，得到不少折扣，但退費比例卻是以原價計算，讓民龍遭受了一筆巨大損失。不過提早抽身還是對的，民龍自知沒有讀書的天分。至於然厚雖然也沒多好，但跟民龍比還算是有努力空間。然厚依舊在準備考公職，民龍卻還是去麻煩他，要他盡快幫忙找到房子。他威脅然厚說如果不在四天內找到新的落腳處，他就得寄生在然厚家了。

兩人在鷺梁津一帶逛了一圈，都沒找到合適的。雖然看上了其中一間，但押金要一千萬，月租四十萬，比其他地方貴了五萬韓元，另外還要收三萬韓元的管理費，而且沒有供餐。最重要的是押金要一千萬韓元，這讓兩人很是卻步。雖然房東說願意調整，不過他們都知道，一旦押金調降，要付的月租就會隨之增加。

兩人一言不發地走在巷子裡。那條巷子無比髒亂，他們必須時時刻刻注意自己的腳，才能避免踩到菸蒂或別人亂吐的口水。在餐廳、酒館與咖啡廳之間，四處是一群一群人聚在一塊抽菸。剛來到這一區時，民龍還以為自己跟他們不一樣。他不能理解這些人為何付了昂貴的補習班報名費、花錢在這裡租房子，卻成天這樣遊手好閒，不肯好好讀書。那些報名斯巴達考前衝刺班，獲得額外自習室卻不讀書的人、加入讀書會又立刻退出的人，還有一些急著想跟漂亮女生交朋友的人，都是他不能理解的對象。

「我該回去了。」民龍往考試院的方向走去。「我出門前忘了餵貓。」

「現在回去就只剩兩天囉，哥。」

「你不回去讀書嗎？」

「也是要喘口氣嘛。」

「你怎麼每天都在喘口氣？你根本就還沒跑啊！」

「唉唷，幹麼這樣？人家不是都說平均要考三年才會考上嗎？我還有很多時間嘛。」

過了三年難道就會自動考上嗎？

民龍差點要吐槽，但還是咬牙忍住了。就在這時，他們看見前方不遠處有一間撞球場。

「只剩兩天了，把握機會好好玩吧。」然厚對民龍咧嘴笑了一下，率先走上通往撞球場的樓梯。

他們跟兩個大叔打了一場球。開打前，大叔先問了他們平時撞球都打多少分，然厚搶先一步，趕在民龍脫口說出三百分之前，說兩人平時的分數都是兩百分。他記得曾在撞球場聽人說過，兩百分是打賭的標準。只不過民龍實在太不會演戲，讓負責說謊的然厚總是很尷尬。這次遇到的兩個大叔在這方面駕輕就熟，打了幾球他們就發現大叔根本有四百分的水準，才不是什麼兩百分。他們打定主意要坑民龍跟然厚兩個年輕小夥子。

最後兩人輸慘了。一開始還不分上下，但到了比賽中段，然厚就一直錯失一些非打到不可的球，換民龍接手時，然厚則一直推民龍的屁股妨礙他打球。比賽期間，兩個大叔一直在聊自己的話題。聊拆遷、聊公寓市價，還說到現在房價跌到只剩一半，連租都租不出去。又說只要繼續蓋下去，房價遲早有一天會再漲回來。然厚雖然球打得一蹋糊塗，卻聽兩位大叔的話聽得入迷，還幫大家叫了炸醬麵，只為能繼續聽兩位大叔聊天。

「那我們租下來吧，瑞草洞的那個極光公寓。」

本來大口吃著炸醬麵的兩位大叔一聽到然厚的話，便立刻停下所有動作。民龍也嚇得瞪大了眼，眼珠都差點要掉出來。

「二十五坪對吧？是一〇一棟還是一〇二棟？」然厚問。

「嗯？是一〇二棟。」

「那是在高速公路旁邊，坐西朝東的房子。」
「你怎麼這麼清楚？」
「我以前住在那。」
然厚這句話，又讓民龍吃驚到不行。
「你們兩個要一起住嗎？」
「不是。」
民龍雖然懷疑然厚精神狀況不太正常，但沒有制止他，只是抬頭環顧了撞球場一圈，只見櫃檯的工讀生正看著他們。
「我們兩個跟貓，總共三個要一起住。」
民龍的表情瞬間放鬆了下來。兩位大叔繼續低頭吃麵，似乎是不想立刻回答然厚的瘋言瘋語。民龍一邊翻攪碗裡的麵，一邊等著大叔出聲，他已經不想去管這樣攪完之後麵還能不能吃了。
突然，撞球場入口處傳來一陣吵雜聲，四名看起來像是公職考生的人吵吵鬧鬧地走了進來。
喂，你大哥我今天本來想好好讀書的，都是因為你找我來，幾號啦？不要命了是吧？哎呀，哥，不要管什麼讀書了啦，我們去裡面吧。減肥啦、讀書啦，永遠都是明天的事啦。喂、喂，你昨天也……不要啦，我們不要打四粒，打花式撞球啦。你這樣一天到晚拉我出來玩，我要是沒考上都是你的錯，不是我的錯喔。唉唷，哥，那考上的話就是托我的福囉？怎麼會是托你的福？真是的！我要是考上，都是托我爸媽的福啦。我……不好意思，這邊沒有巧克。都是他們幫我出補習費的啦。喂，你們要這樣，我就不跟你們打囉，趕快選邊啦。話說回來，公職考試為什麼不考三角函數啊？我們多會算撞球三顆星啊。喂，想考數學就去考嘛。你瘋啦？我幹麼沒事又去考數學？誰要先打啦？那個也沒有了啦，唉唷……

「你們真的要搬進來的話就簽約吧。」

在四人的吵鬧聲中，其中一個大叔放下空碗跟筷子，抬頭對然厚與民龍說。

「我簽！」民龍倏地站起身，像回應長官點名的二等兵一樣大聲答道。

只是一到隔天，那股找到房子的興奮感就成了絕望感。在江南租公寓果然是痴心妄想，月租要一百萬韓元，就算跟然厚兩個人平分，也實在是難以負擔的數字。然厚纏著民龍，要他答應先簽約搬進去，還說只要再找一個人來分租就好。

「可惡！就是因為那個混蛋，我才得趕快搬出去。明明他自己也一天到晚找女友來滾床單，氣死人了！」

到了說好簽約的時間，依然沒能找到人合租。民龍與然厚蹲在路邊的吸菸區，不知該如何處理目前的狀況。打從一開始就太勉強了，民龍皺著眉頭，菸一根接一根地抽。這時有人走近吸菸區，沒有點菸，而是唯唯諾諾地來到民龍面前向他搭話。

「昨天……你們在撞球場……」

然厚先是確定四下無人，才用食指指著自己，睜大了眼想確認對方沒有認錯人。

「我……是昨天幫你們叫炸醬麵的人。」

「啊！」

民龍與然厚同時想起了昨天撞球場的工讀生。

「你們還要找一個人合租吧？我說那間公寓。」

然厚一把抓住對方的手。「沒錯！我們現在正要去簽約！」

這名起來年紀比然厚小幾歲的工讀生，帶著靦腆的笑容跟在兩人身後。

簽約的房仲辦公室就在撞球場隔壁，老闆就是昨天跟那名屋主一起打撞球的大叔。

老闆爽快答應，說仲介手續費就用昨天的撞球開檯費和炸醬麵的錢抵掉。畢竟嚴格來說，他要做的就只有幫忙填一份文件而已。原本高達一千萬韓元的押金降到七百萬，然厚當場就轉了七十萬韓元的訂金過去。然厚如此果決，讓工讀生祖克（對，就是祖克伯的那個祖克，他要我們這樣叫他）跟民龍都嚇了一跳。然厚竟立刻就能從戶頭裡轉出七十萬韓元！他行事還真是江南作風啊。

在江南的公寓裡迎接的第一天，可不能就這麼白白浪費。民龍與然厚喝著酒，等祖克來跟他們會合。直到過了午夜十二點，他們才聽見輪子在走廊上拖行的聲音。這時，然厚與民龍都已經各喝了兩瓶燒酒，攤倒在地上有一搭沒一搭地聊著。他們一下聊最近看的連續劇，一下又回憶最後一次接吻的經驗。祖克來到大門前，輸入密碼解鎖開門，一進門便大口喘氣。

「幹麼喘氣？你從鷺梁津跑過來喔？」然厚坐起身來，調侃祖克。

即使祖克大老遠拖著裝有家當的行李箱來到這，兩人依然說不出「辛苦了」或「趕快進來」等溫馨的話。就算跟熟人都說不出口了，遑論是昨天才認識的陌生室友。

「電梯……故障了……」祖克彎著腰，邊喘氣邊說。

「傻眼！」民龍猛地坐起身來。

「之前也這樣啦，常壞。」

見然厚一副習以為常的樣子，民龍與祖克都無奈地說不出話來。那副表情就像是在說：哪有這種公寓啊？這裡真的是江南嗎？

「這裡是……十二樓耶。」祖克沮喪地說。

「哎呀，但這裡是頂樓，我們可以不必為了抽菸特地跑下樓啊。在陽臺抽也不會有人說什麼，多好啊？」

然厚吃了口天下壯士牌肉乾，找了個理由安慰民龍，這也讓民龍緊皺的眉頭瞬間舒展開來，只剩下祖克仍一臉五味雜陳。祖克把行李放在房間的角落，看了看客廳裡剩餘的酒與下酒菜。下酒菜有天下壯士肉乾、熱狗、洋芋片和紫菜包飯，他選了紫菜包飯來吃。

「我們不辦入住派對嗎？應該要烤個五花肉什麼的吧？」

「怎麼烤？沒有瓦斯，也沒有烤盤啊。」民龍緩緩說道。

「哥，別這樣嘛，我們出門嘛。」然厚起身。

祖克興奮地問：「要出去找餐廳喝嗎？」

「不用啦，下去看看應該會有東西能撿吧？撿回來用就好。我們哪有錢買那些東西？去回收場看一下，要什麼有什麼。」

「這麼晚了耶！而且現在電梯又不能用。」民龍的口氣聽起來很不情願。

「但白天去撿很丟臉啊。」然厚咧著嘴，笑到連牙齦都露了出來。

三人來到回收場，發現有還沒貼上回收貼紙的抽屜收納櫃、書桌以及微波爐，角落則有堆好的碗盤、鍋具。丟廢紙的地方則有用細繩捆好放在一旁的書，目測應該有上百本。不，似乎不只是上百本，少說有上千本。

「拿碗盤就好了啦，要搬那些書爬樓梯，我們一定會死在這。就算兩手空空什麼都不拿，爬樓梯也快要我的命了。」

民龍拿了幾個碗搶先走在前頭，然厚則抱起放在旁邊的湯鍋跟平底鍋，祖克則看上了微波爐。那臺微波爐的插頭被人整齊捲好，還拿藍色膠帶綁起來了，看起來應該還能用。

「這個等明天電梯好了再來搬吧。」然厚邊爬樓梯邊說。

「如果被人拿走怎麼辦？不是說沒有瓦斯嗎？有微波爐至少能煮泡麵啊。」

「早知道剛才就順便買泡麵回來了。」

聽到民龍的話，祖克大吃一驚。「你們沒買泡麵？」

「因為沒瓦斯啊。」然厚漫不經心地回答。

爬到七樓時，三人都不說話了，整個樓梯間只剩下腳步聲和越來越粗喘的呼吸聲。

「哇，這真的可以用！居然有人把還能用的東西丟掉！」看著在黃色光線下轉動的微波爐玻璃底座，民龍忍不住感嘆。

祖克貼在一旁盯著微波爐，這臺運轉中的微波爐彷彿瞬間成了一座令他好奇的水族館。然厚退了一步，雙手抱胸看著兩人的背影。要是微波爐故障了，大部分家庭都會直接換掉，不會等到搬家才拿出來丟。一定是不知哪戶人家打算趁著搬家大幅汰換家電才丟的。這種事也不只會在這個社區發生，有必要這麼大驚小怪？

「真不愧是江南，居然捨得把還能用的東西直接丟掉。我們應該把抽屜收納櫃和書桌都搬回來的，等到明天早上可能就來不及了。」祖克難掩興奮地說。

「別擔心，要搬家的人不會去撿那些東西，他們甚至會把自己家裡不要但還能用的東西拿出來丟。書桌跟收納櫃這種東西又不是必須的，而且以後要丟還要花錢付大型家具處理費。」

聽完然厚的一席話，祖克內心五味雜陳。沒撿回那些東西到底該不該開心呢？他嘟著嘴，不知在想些什麼。

叮一聲，微波爐停了下來，民龍立刻想找點東西來加熱。

「要熱什麼好？」

這是個好問題，祖克想了想，翻出剛剛買回來的袋裝咖啡。

「拿飯碗裝咖啡喝，應該會有飽足感吧？」

祖克嘻嘻笑著喝了一小口，咕嘟。民龍跟祖克也各喝了一小口，咕嘟，咕嘟。

「我們要怎麼決定誰用哪間房？」祖克小心翼翼地用非常恭敬的語氣問民龍，同時注意著然厚的表情。

這裡有一間非常寬敞的主臥室，還有相較之下小到不像話，但還是比考試院大一點的小房間，再加上客廳，總共是兩房一廳。房間雖然只有兩個，但客廳的坪數相對大上許多。

民龍與祖克環顧整間房子，然厚則突然換上一副冷漠的神情。他拿起咖啡杯，不，正確來說是拿起裝了咖啡的碗，雙手捧著緩慢地喝了起來，似乎是想掩飾自己不自然的表情。其他兩人沒有太大的反應，祖克接過已經變涼的咖啡又喝了一口，又吃了一塊紫菜包飯。外包裝的鋁箔紙被拆開，在空氣中暴露許久，紫菜包飯的海苔與白飯變得乾硬毫無水分，祖克只能配著咖啡，把乾硬的飯粒在嘴裡泡開來才能咀嚼吞下。

然厚拿了瓶還沒開的燒酒，用手肘敲了敲瓶子底部後，把瓶蓋轉開。

「先喝一杯再慢慢討論吧，不急。」

然厚很想獨占小房間，但如果民龍想自己用一間房，那他也可以把小房間讓出來。只是一旦決定就很難改了，所以他不想那麼快做決定。

「最重要的就是訂好規則。」然厚邊替祖克和民龍倒酒邊說。

民龍緊皺起眉頭。「喂，好了啦，規則什麼的我聽到耳朵要長繭了，這裡又不是考試院。」

「但還是需要約法三章啊，我們要一起生活耶。」祖克壓低聲音，一個字一個字慢慢說完，便一口氣把杯裡的酒喝光。他微微側過身，但動作並不明顯，讓人分不清楚他究竟想不想要轉身。

「不然你先把想好的規則寫下來，寫好就貼在冰箱上。」

民龍說完，兩人同時笑了出來。

「這裡哪有冰箱啦？」

「就是說嘛！等到有冰箱的時候再來決定生活公約啦。」

雖然剛才三人都有些緊張，此刻又覺得不管是生活公約、房間分配還是什麼其他的問題，都不必急著現在決定。他們需要著急的，只有趕快把眼前的酒跟下酒菜掃光。

走下南部客運站的階梯，比起出站的人，祖克更留心那些跟他一樣要進站的人。該說是想觀察來江南上班的人，跟從江南去其他地方上班的人之間有什麼差異嗎？他覺得努力想分辨兩者差異的自己似乎有些陌生。排隊等地鐵時，他仔細透過映照在月臺安全門上的倒影，觀察人們的穿著跟表情。首先，大家的穿著跟鷺梁津的居民有些不同，雖不知道實際上是哪裡不同，但看起來確實有些差異。他身上的衣服跟昨天是同一件，但此刻的他看起來也跟昨天有點不一樣，明明距離之前住的地方只差了九點四公里。他昨天開地圖APP確認過，從新公寓到撞球場的距離，不多不少就是九點四公里。九點四公里有遠到能夠改變一個人對自己的認同嗎？雖然物理上的距離並不遠，心理上的距離卻像繞了地球九點四圈。這裡距離他原本住的地方不過幾個地鐵站，卻有著截然不同的氛圍。而且不過就是搬了個家，自己就在一夜之間變得有些自命不凡，這也讓他驚訝。

祖克看著月臺安全門上自己的倒影露出微笑。雖然還有些宿醉，但一早就出去把冰箱搬回來，讓他心情好得不得了。他的肩膀一直不太舒服，於是他輪流聳肩，試著放鬆肩膀的肌肉。雖然肩膀肌肉很緊繃，但這樣的疼痛竟令他感到愉快。

他在高速巴士客運站轉搭九號線。素有地獄鐵之稱的地鐵九號線快速列車，並沒有傳聞中那麼擁擠。也許是因為現在還不到上班時間，但就算再擠，他也只要忍耐兩站就好。真要說有什麼讓他難受的事，就是怕被當成色狼，必須一路雙手緊緊貼在胸口，這讓他感覺自己像被綑綁的囚犯。另一點則是他必須盡量避免碰觸到別人的下體，這並不容易，他只能讓自己專注維持安全的姿勢與角度，使得渾身僵硬無比。不過即使上班路得經歷這樣一番折磨，一想到能擺脫每天在撞球場跟便利商店這兩個職場之間來回，走路不到五分鐘的單調循環，就讓他高興又興奮，那樣的喜悅甚至勝過搭地鐵的痛苦。雖然祖克只是一介領時薪的打工仔，身穿領子鬆垮的老舊T恤，心情上卻有如穿戴整齊、西裝筆挺，要到辦公室上班的新員工那樣雀躍。混在這麼多上班族之間，他覺得自己彷彿融入了社會的主流。

凡事都有主流，例如打工界的主流就是便利商店。一走出鷺梁津站，迎接他的便是燦爛的晨光。被人潮擁擠的地鐵摧殘過後，來到站外的他有種解放感。就算從現在開始工作到深夜似乎也不會有任何不滿。為什麼？因為他現在終於能享受真正「下班」的感覺了。

一走進便利商店，他立刻打開收銀機，再打開主副兩臺終端機設定到銷售模式，接著開始播放音樂。他選擇輕快的音樂以配合今天的心情，然後迅速清洗拖把、擦拭地面，推著拖把一口氣衝到角落，再轉一個角度銳利的彎，繼續往另一頭跑去。他腦海中一邊想像類似的電影場景，速度要再更快、更有節奏感，用自己的體重推動拖把的握柄。

洗好抹布，他開始打掃店門口。門口散落著前一天他下班後，路人隨手亂丟的菸蒂，還有明明一旁就放著垃圾桶，卻還是在路上飄散的餅乾包裝，他都一一清理乾淨。路上沒有任何飲料罐或空瓶，都被清晨推著嬰兒車出來撿回收的老人家給撿走了。

接著輪到整理報廢品的時間。他依序檢查乳製品、便當、三角飯糰、漢堡、炸雞等商品的有效期限。接著是麵包，偶爾還要查看保溫櫃裡的罐裝拿鐵咖啡。他心裡知道自己不該這麼做，但還是忍不住期待能整理出一些已過有效期限，必須報廢的便當跟炸雞。對於抱持這種期待的自己，他感到失望且消沉。雖然理智上告訴他，期待報廢品不該怪他，應該怪不供餐的老闆，他不需要對自己失望，但在感性上仍忍不住傷心。他的理性與感性總會在這一刻產生嚴重對立，每次的勝方都不一樣。如果那一天有還不錯的報廢品，那勝者就是理性祖克，但如果沒剩任何東西，勝者便是感性祖克。這可以說是認知失調的具體案例嗎？總之，整理便利商店報廢品這件事，在便利商店打工界是一體兩面的存在，有好的、也有不好的一面。今天很乾淨，沒有任何報廢品。感性祖克把在大腦皺褶之間蠢動的理性祖克教訓了一頓。我只是沒錢，可不是不要臉。話雖這麼說，但過去不得不在撞球場找個角落過夜時，他可是說不出這種話來。

物流卡車來了，時間是八點半，司機沒有遲到。從一一確認進貨品項，並把商品上架、整理完，通常需要兩個小時。在理貨中途要是服務客人的次數一多，理貨時間也會跟著拉長。祖克決定從今天進貨的商品中挑一個三角飯糰來吃。吃了再上！試著改變飲食習慣，呼應他有所變化的居家生活。以前他為什麼都選擇不吃早餐呢？記得奶奶曾說過：「別把自己餓著了，錯過的那餐不會再回來。」

可是奶奶自己卻動不動就餓肚子。雖然據她所說那不叫餓肚子，叫禁食，祖克認為這兩者並沒有不同。每當這時，奶奶便會帶著微笑翻開聖經。

「聖經有說可以餓肚子嗎？」祖克挖苦奶奶。

奶奶將老花眼鏡拉低到鼻尖，緊盯著祖克說：「哎呀呀，我才不知道聖經哪裡有寫這些。反正肯定是寫在哪，大家才會說要禁食嘛。」

「那些人應該餓個幾餐都沒問題吧？他們跟妳不一樣。」

奶奶非常瘦弱，甚至能隔著衣服摸到她每一節脊椎。

「禁食又不是為了瘦。」奶奶重新把老花眼鏡推上去，開始翻起手上的聖經。

食物是為了肚腹，肚腹是為了食物；神卻要把這兩樣都廢掉。身體不是為了淫亂，而是為了主，主也是為了身體——〈哥林多前書〉第六章第十三節。

祖克到入口網站的「知識＋」查過，最後找到這一段話。是怎樣？這就是要人餓肚子的意思嗎？要把這兩樣都廢掉到底是什麼意思？到底要不要把這段經文讀給奶奶聽？祖克覺得奶奶似乎沒有完全理解聖經的內容。

「明天也要餓肚子嗎？」祖克嘟著嘴不服氣地問。他知道，奶奶通常不會連續禁食兩天。

「不餓了，我要去摘花，不能餓肚子。得吃飯才有力氣下田幹活啊。」

「妳不是說那不是餓嗎，是叫禁食嗎？」

奶奶假裝沒聽見，逕自用雙手捧住桌上的燉菜鍋，對祖克說：「廢話少說，趕快吃！飯菜都要涼了！」

奶奶會去辣椒田打零工賺錢。她會在清晨出門，走到車站去搭小巴，比她早上車的鄰居奶奶、阿姨會帶著她去辣椒田。早上七點開始工作，要到下午五點才會收工。奶奶會在太陽下山前回來，鞋子一脫就躺在地板上。她總是一躺下來就立刻打起呼，沉沉睡上一覺，直到天黑才起來煮晚飯。到了辣椒的收成季，奶奶便會每天清早出門工作，從日出做到日落，沒有一天例外。工作雖然辛苦，卻也沒有比這更好的了。

「那是什麼？」

隔天早上，祖克看見奶奶正把煮好的白飯裝進密封容器裡。

「便當。」

「我工作的地方有供餐啊。」

「是我的便當。」

「老闆沒給妳飯吃喔？」

「要五千韓元，但我自己帶便當就不收錢，薪水還比較多。」

「妳不帶點小菜嗎？」

奶奶回頭看著祖克說：「田裡不就到處都是小菜嗎？只要有大醬，拌一拌就能吃了。你都不知道剛摘下來的辣椒多好吃。」

「什麼啊，妳只吃辣椒配飯喔？」

「老闆每天會給兩次啦。」

「給兩次什麼？」

「麵包跟豆漿。」

奶奶說她雖然只吃辣椒配白飯，卻能領到七萬韓元的日薪，外加五千韓元餐費，她喜歡這樣。後來奶奶得了糖尿病，她才不再繼續禁食，也不再出去打零工了，以往她可是社區裡最勤勞的一個。那是祖克高三那年的事。

絕不能因為沒有報廢品就餓肚子，畢竟他這輩子已經因為找不到東西吃而餓過很多餐了。祖克走向陳列三角飯糰的冷藏櫃，站在櫃前猶豫不決。他從最左邊的飯糰開始，一個一個拿起來又放下，短暫沉浸在能自由挑選食物的幸福之中。美乃滋鮪魚、泡菜炒鮪魚、全州拌飯、甜甜維也納香腸……竟然有機會依自己的想法，從這麼多口味的三角飯糰裡挑選一個來吃，真是太幸福了。祖克以宛如鋼琴滑奏的指法滑過每一個三角飯糰，最後選了一個雙倍肉多多飯糰組合。這是辣炒豬肉飯糰與甜炒雞飯糰的套裝商品。考量到用一個飯糰的價錢就能買到兩個飯糰這點，花錢買下這個組合，早餐吃一個、午餐吃一個，是最經濟實惠的選擇。而且最重要的是，這個組合商品絕對不可能變成報廢品。祖克把辣炒豬肉飯糰藏在飲料冰箱後面，拆開甜炒雞飯糰的包裝準備享用。

祖克噗哧笑了出來。他畢生的願望之一，就是能面臨選擇困難的窘境。有所選擇是多麼甜美的一種感覺，在他滿二十四歲之前，曾經自主選擇過什麼嗎？出生不是自己選的、父母更不是自己選的。出生後發現自己既沒爹也沒娘，只有跟奶奶兩人相依為命，而這個奶奶也不是自己的選擇。高中畢業後因為大家都去上大學，所以他也去上大學，後來因為沒錢繳學費而休學，休學後要入伍，可入伍的時間也由不得他選。當兵這件事不是他想去就能去，痴痴地等著兵單一拖再拖，就這麼得過且過地虛度光陰。到頭來，他一路走來所面臨的狀況，從來沒有一個是自己的選擇。有時候是他的條件不允許，有時候是基於不可抗力的因素，他不斷面對任誰來看都覺得沒有選擇餘地的情況。直到他跟著那兩個客人到吸菸區，主動表示想跟他們一起搬進極光公寓。

甜炒雞三角飯糰甜鹹參半。鹹鹹的兼職人生裡，偶爾品嘗一下有選擇權的甜美，似乎也不壞。

祖克出門上班好一陣子後，民龍與然厚才醒來。睡眼惺忪的他們在看見廚房流理檯旁那巨大的冰箱後，便瞬間嚇醒。

「這傢伙也太誇張了吧！搬完這東西居然還能出門上班？」

民龍目瞪口呆。

「他說已經插電了，要我們幫忙擦乾淨。」然厚看完祖克留下的訊息，便把冰箱門打開。「他說是去其他棟撿來的，這傢伙的學習能力真的很強耶。話說回來，他怎麼沒繼續上學啊？」

「他不是說要存錢嗎？為了復學。」

然厚從冰箱裡拿出礦泉水灌了幾口，民龍出聲制止他直接就口喝，並一把將瓶子搶了過來。

「我嘴巴沒碰到啦。」

民龍拿了個飯碗沖一沖，再把水倒進去。

「唉唷，哥，幹麼拿飯碗喝水啦……」

「怎麼了嗎？昨天不也用這個喝咖啡？」

「但我們昨天都醉了啊……」

然厚不願意隨便拿個容器裝水，如果沒有杯子，他寧願整瓶直接拿起來喝。只是因為他以前住過這裡，而這是他的習慣。雖然他們在鷺梁津認識，但並不是每個住鷺梁津的人都有一樣的習慣。然厚不一樣，跟祖克不一樣，跟民龍也不一樣。而祖克又會與兩人有多少習慣上的差異？就算住在同一個屋簷下，他們面對的問題也不完全一樣。民龍現在也多少能明白這些了，他也到了該懂這點人情世故的年紀。

民龍拿抹布隨意擦了擦冰箱內部，然後將貓的飼料罐塞進冰箱下層。

「飼料幹麼放那裡？」然厚語帶不屑地說。

「又沒東西能冰，飼料冰進去可以保持新鮮，不是很好嗎？」

「拜託！冰箱有味道啦！貓不喜歡！貓奴應該要懂這些吧？」

民龍沒多說什麼，又重新把飼料拿出來裝進容器裡，收進流理臺下方的櫃子。歐元的飯碗已經換成昨晚撿來的湯碗。昨晚然厚說湯碗只有三個，努力阻止民龍把碗給歐元用，民龍卻不為所動。反正三人也不會常常一起吃飯，更不會餐餐都煮湯喝，最重要的是，他不用湯碗喝湯也沒關係。祖克認為真正的貓奴就應該這樣，便接受了民龍的說法。然厚本來想比中指表示不贊同，但最後還是改豎起大拇指，同意民龍的決定。

「總之啊，哥，決定搬過來是對的吧？現在你可以自由外出，也不用看人臉色了。空間這麼寬敞，牠也可以到處跑了。」

確實跟然厚說的一樣。現在不管歐元叫不叫、要不要到處跑，民龍都不用擔心。他只需要擔心自己的事，那些因為搬家和歐元而暫時被他拋諸腦後的事。

然厚把買來的泡麵放進微波爐加熱，民龍則呆坐在陽臺上抽菸。真舒服，居然能在家裡抽菸。雖想好好品嘗這種不是人人都能享受的奢侈感，民龍卻無法完全沉浸其中。他的失業補助只剩兩次可領，接下來不知道該怎麼辦。他像隻鐵公雞一樣省吃儉用存下來的錢，全都拿來繳這間公寓的押金了，現在身上已經沒有半點閒錢。雖然還能用剩餘的失業補助繳接下來兩個月的房租，但還有管理費跟生活費。他知道自己得立刻出去找個什麼工作來做了，好歹他是三人中年紀最大的，可不能成天跟另外兩個人伸手借錢啊。就算能跟然厚借錢，也絕對無法向祖克開口。

雖然是隨便什麼工作都好，但這個「隨便什麼工作」可不是隨便什麼人都能找到的。而且老實說，那些能稱為是「隨便什麼工作」的工作，也不是隨便什麼人都做得來。要想找到工作，就得要有類似四年制大學的畢業證書、厚到令人難以置信的臉皮等條件，而這些都是民龍所欠缺的，讓他實在不知該如何是好。至於創業這種需要資本才有辦法做的事，打從一開始就被排除在「隨便什麼工作」的範疇之外。原本對不看任何條件，只要通過考試就能獲得任用的公務員寄予厚望，但其實要參加公務員考試也要滿足很多條件。例如需要有能專注準備考試的資金、清楚的頭腦、不屈不撓的韌性等。可惜的是，民龍一項也沒有。

民龍滿面愁容地觀察對面那一棟公寓。那裡不是開放式走廊，而是一層樓僅有一到兩戶的公寓。一戶有幾坪呢？有一、二、三個窗戶，還有一個陽臺。從沒住過公寓的民龍，難以從公寓外觀推測坪數與內部結構，頂多只能看出那棟公寓比自己現在住的地方寬敞許多。裡面住的都是什麼人啊？至少是不必擔心下個月月租的人吧？一定是這樣的。現在該怎麼辦才好……菸灰掉到腳背上，民龍趕緊甩了甩腳，將菸灰給抖掉。

「哥，我等下要出門囉。你呢？」然厚一邊把剛泡好的泡麵吹涼一邊說。

「你要去哪？」民龍反射性地問。

然厚塞了一口麵進嘴裡，直盯著民龍。民龍忍不住疑惑，那眼神是怎樣？是在忽視我的問題嗎？對，就是在忽視我的問題沒錯。

「不要每件事都問那麼仔細啦，很煩耶。要一起生活，至少給彼此留點隱私好嗎？」

此刻的然厚突然變得好陌生，他原本就是這種喜歡劃清界線的個性嗎？還是在江南長大的傢伙都這樣？

「那你幹麼問我？不是說不要一一過問，要留點隱私，對吧？」

然厚瞇起眼睛仔細打量民龍。就在民龍對然厚的反應開始不耐煩時，然厚嘻嘻笑了出來。

「哥，你生氣啦？」

民龍瞬間有些慌張。他這才意識到然厚剛剛是在跟他開玩笑，是他太認真了。

然厚嚼了幾下嘴裡的泡麵，吞下去後才開口：「我打電話請瓦斯行來接瓦斯，他們說下午會來。如果你要出門，那我就要在家等他們來。總要有一個人在家啊，牠又不會幫忙開門。」

然厚用筷子指著正埋頭喝飯碗的水的歐元。昨晚民龍把自己的湯碗貢獻給歐元，沒過多久又決定把自己的飯碗也獻給歐元喝水。

「還有……」然厚換上一副開導民龍的口氣：「你怎麼會問我去哪呢？你是真的不知道？我要去補習班啊。我是什麼人？是公職考生啊。今天總得去補習班一趟吧！都報名了，很浪費耶。」

民龍緊繃的神經瞬間放鬆下來，又覺得會錯意的自己實在太糗，還是不服氣地回嗆：

「要考試的人還會把書賣掉喔？」

「那是新書耶，不然我要丟掉喔？而且我又不是要考七級公務員，經濟學的課本貴死了，憲法也好貴。」

絕不能在這裡示弱，都嗆了，就再嗆幾句吧。

「那你當初幹麼買新書？」

「哥，你怎麼能說這種話？你自己也買新書啊。」

「我放棄了啊，你又沒放棄。」

「煩死了！我要考九級啦！九級用不到那些書啦！」

然厚氣得不想再說下去，民龍也覺得自己太苛刻了。他想起之前有一次，然厚跟他聊起低脂牛奶的事。小孩子上幼稚園時，一般父母都會讓小孩喝首爾牛奶，因為相信這樣就會考上首爾大學。進入小學後便改喝延世牛奶，因為相信這樣會考上延世大學。等到國中後改喝建國牛奶，而到了高中就改喝低脂牛奶了。然厚說這是他還是學生時，他們社區謠傳的可笑迷信。

現在回想起來，然厚說的社區就是這裡吧？民龍追問然厚是喝什麼牛奶，然厚說不知道，他媽媽總是倒在杯子裡拿給他。他相信自己之所以會考上三流大學，絕對是因為喝了雜牌牛奶。

然厚把幾近全新的課本放到二手市場上拍賣，賣了個好價錢，兩人還拿那筆錢去喝了酒。

「這種錢就是要立刻花掉，留在身邊會很有罪惡感。」當時然厚一邊與民龍乾杯一邊說。

那時民龍還沒什麼感覺，但後來看到書櫃裡剩下的國文、英文、韓國史課本，心裡卻不太好受。雖然嘴巴上說放棄公務員考試，但他依然為了因應未來可能會想考九級公務員，特地留下了這些課本。自己這麼不會讀書，每次成績都慘不忍睹，不禁讓人覺得根本是浪費考試報名費，何必這麼拚命？學歷只有高中畢業卻成功考取公職的人，常被當成外星人。而像民龍這種專科大學畢業的傢伙，既不是外星人也不是地球人，只是個身分不明的類人生物。

一吃完泡麵，然厚便立刻出門了，他背上的背包看起來沉甸甸的。

「你不會太晚回來吧？」民龍到玄關送然厚出門時順口問了一句，但話才出口就覺得彆扭，好像不該多問這句。

然厚彎下腰把運動鞋穿好，才抬起頭來。

「你要做好飯等我嗎？哥，我們結婚了喔？」

然厚雙手在胸前交叉抱住自己，假裝打了個冷顫，然後嘻嘻笑了幾聲便出門了。

臭小子，一定要這樣講話嗎？這股尷尬感一直等到然厚都走遠了，還是讓民龍覺得丟臉到難以釋懷。

為了轉移注意力，他跑去貓砂盆邊進行今天鏟屎[1]的工作，清出幾顆馬鈴薯[2]後，又拿著鏟子在貓砂盆裡翻了好一陣子。這砂有味道，也是時候了。民龍想起他在網路上找到的資訊，決定把貓砂盆拿到陽臺放，想藉陽光替貓砂盆消毒。豆腐砂[3]的價格雖然便宜，卻必須經常更換，這樣反而會花更多錢。民龍雖然手頭不寬裕，但還是覺得自家主子最重要，才選擇了豆腐砂。但實際用了之後，還是覺得豆腐砂的汰換頻率實在太高了。越過陽臺的窗戶，隱約能看到下方空無一人的遊樂場。即使離遊樂場這麼遠，民龍還是能感受沙坑裡那些細沙的觸感。如果能用那些沙來當貓砂該有多好？

極光公寓前的公車站，每班車都會到地鐵站。然厚雖然知道，卻沒有選擇搭公車。他沉浸在睽違已久的街道風景中，穿越高速道路旁附設的行人穿越道、經過幼稚園，再經過韓醫院與首屈一指的私人補習班，記得學生時期的他，可是貢獻了不少錢給這間補習班呢。然後再經過一間啤酒館，他記得自己曾因未成年還沒有身分證而被趕出來，最後再經過一間便利商店，繼續悠哉地往地鐵站走去。他心想，補習班的第一堂課應該已經結束了，現在去把剩下的一堂課聽完，再去自習室讀書吧。他想起上星期的模擬考結果，忍不住覺得自己很悲慘。為了考公職開始補習也一年多了，只不過這一年比起待在補習班，他反而花更多時間在補習班附近閒晃。補習班的輔導老師一開始說平均三年就能考上，但他知道，平均這個概念不管到哪都是沒有意義的參考標準。考試這種東西啊，就是會成功的人花一年就能考上，不會成功的人就算花十年都還在拚命。

他會考公職不是因為他很會考試，也不是因為當公務員很適合他。老實說，全天下有多少人的工作適合自己？眼見大學就快畢業，然厚都還沒找到工作，他又對自己的未來沒什麼信心，最後是爸爸建議他去考公務員。

「為國效命最好。」

每次爸爸說「為國效命」時，然厚都會吐槽他這種話只有朝鮮時代的古人才會說，可爸爸卻始終無法放棄對「為國效命」的留戀。然厚當然知道箇中緣由，然厚的爸爸年輕時花了十年準備司法考試，因而錯過了就業的黃金時間。後來雖然又多花了幾年時間準備，仍是竹籃打水一場空，最後才終於放棄，面對現實。

「爸，你沒考上是你的事，不要強迫我跟你一樣。」

「如果你不能當個專業人才，那考公職就是最好的選擇。」

「我不是不能當專業人才，是沒辦法當專業人才。」

---

1 清理貓砂盆。

2 比喻貓的尿液與糞便跟貓砂一起凝固後形成的塊狀物。

3 一種用來掩埋、吸附貓尿液與糞便的貓砂。

每次講到這裡，爸爸都會為了按捺心中的怒火而握緊拳頭，甚至整個人氣到發抖。

父母口中的「專業人才」在然厚的世界裡根本不存在，誰能當上醫師、律師、會計師等專業人才，早在國小就決定好了。那些人從小就上遍各種補習班，不會翹課也不害怕考試。然厚很了解這種人，畢竟他也曾經在那個圈子打滾過。學校或補習班應該也能稱為「圈子」吧。如果說面對現實就是要想辦法混口飯吃養活自己，那他覺得他這輩子也許永遠無法面對現實。但他也明白，這樣下去不行。

然厚經過火車站。滿身大汗的他，伸手往後托起肩上的背包，讓汗濕的背吹吹風。他從火車站所在的十字路口右轉，沿著下坡路一路走下去。背包的重量壓在腳尖上，拖得步伐沉重無比。他把背包拿下來改抱在胸前，卻還是好重。他的步伐拖沓繼續前進，不知不覺來到地鐵站，站在十字路口的行人穿越道前遲疑了一會兒，不知該往哪去才好。除了補習班他無處可去，可他一點也不想去補習班。他茫然失措，煩惱該往哪個方向走。他身後是非常知名的重考補習班，據說報名成功的難度僅次於考進首爾大學、延世大學與高麗大學。往左手邊走去會到另一間補習班，據說沒報到這間補習班的學生，會退而求其次選擇那間補習班，對面則是一棟很久以前倒塌的百貨公司遺址。斜對角是法院與地檢署，檢察官、法官與律師在這裡進進出出，那是然厚的爸爸曾經渴望的職場，附近還有許多律師事務所。然厚抱著背包蹲了下來，一名正在等綠燈過馬路的中年女子忍不住瞟了他幾眼，因為即使號誌燈轉綠，然厚還是沒有起身。他無法決定要往哪走，也不想回頭，只能站在路口遙望著不知何處的遠方。就在這時……

「……然厚？你是然厚吧？」

那名中年女性突然跟他搭話，他抬頭看著那名女子，趕緊站起身來。

「哎呀，都快認不出你了！你過得好嗎？」

乾脆不要認出來不是比較好嗎？然厚只覺得似乎曾在哪見過這張臉。雖不知道是誰，但他還是先鞠躬打招呼。

「畢業了嗎？聽說你退伍了。」

接下來的問題不聽也知道是什麼，肯定是最近在幹麼、找到工作沒之類的。女子決定再多等一個紅綠燈，才好多跟然厚說幾句話。這裡的紅綠燈間隔很久耶……女子接下來的問題，果然跟然厚的預期如出一轍。

「還、還沒找到工作。」

女子的臉上立刻露出同情。還好吧，也沒那麼可憐吧，我才二十八歲，延畢第三個學期而已，這應該很常見吧？然厚本想替自己辯解，但連他自己都覺得這樣很丟臉。其實不只是因為丟臉，更是因為對方根本沒給他說話的機會。短短幾分鐘內，女子就像快嘴饒舌歌手一樣，流暢地道出她的小孩四年前就進了人人稱羨的大企業工作，每個月會給她一百萬韓元零用錢，每到年底還會領到相當於一般中小企業員工年薪的獎金，獎金也全部都交給她管理。

好啦，但妳小孩到底是誰我根本不記得啦，阿姨，為什麼要跟我說這些？

當然，這些話然厚都只能放在心裡。他瞪著號誌燈，祈禱趕快綠燈，而女子說話的速度則越來越快，生怕無法在綠燈前把話說完。果然天無絕人之路，終於綠燈了！然厚「喔」了一聲，露出一副可惜不能再聽下去的表情，向女子鞠了個躬之後，便大步走過馬路。他用最快的速度走到對面，躲進法律事務所、餐廳與咖啡廳林立的巷子裡。真是熱死人了。

他竟然忘了。就算不住同一個社區，只要來到這一帶，還是會不時遇見朋友的媽媽、媽媽的朋友。這裡到處都是愛炫耀自家小孩、老公、家世的阿姨，她們真想炫耀的時候可是不會挑對象的。無論對象是別人家的孩子、別人家的媽媽，甚至是社區小店的老闆，只要有機會，她們就會拚命講個不停。只要稍微多想一下就能預料到這點，然厚對如此大意的自己感到失望。

前方幾公尺處有另一間大型補習班。沒考上首爾大、延世大、高麗大、沒擠進第一名的重考補習班，連第二好的重考補習班也報名失敗的話，就可以在不需經過任何考試的前提下來報名這裡。當年然厚首次大考落榜，也沒成功報名到前兩間補習班，最後就是來到這裡。放眼望去，教室裡的學生都不是從一開始就打定主意要重考的人。大家嘴上都說死也不想重考，而之所以會來到這，只是因為沒有其他出路而已。然厚也打定主意，即使考上的科系自己不太滿意，只要有大學唸就好，畢竟他根本沒有特別想考哪間大學或哪個系所。那些大學似乎也察覺了他的想法，最後沒有任何一間錄取他。最有趣的是，有些人即使考上了，還是決定再來準備重考。原因是他們無法接受跟比自己差的人上同一所學校，打算再拚一年。既然如此，為什麼還要去註冊，占掉其他人的名額？真想痛罵他們一頓。只不過這裡的人似乎都認為，準備重考的同時保留學籍，替自己留條「後路」才是最理所當然的選擇。雖然這條「後路」所費不貲，得繳納入學金[4]與一學期的註冊費，而且如果想維持一年的學籍，還得再繳第二學期的註冊費。但為了「安全」起見，大家都把這當成一種保險，付得甘之如飴。然厚連這樣的「後路」也沒有，實在也沒什麼資格抱怨。

記得當年在重考班上課的第二天，然厚收到媽媽的簡訊，內容寫著考上了。看完簡訊，然厚便將背包裡的課本一一拿出來堆在書桌上，接著便帶著空背包靜靜離開教室。反正這些東西遲早都要丟，重得要死，帶走也是麻煩。丟掉一點也不可惜，肯定會對什麼人有用處。那會是個比我還可憐的傢伙，然厚心想，畢竟我已經考上了。雖然是到了第六批候補才被錄取，但考上就是考上。教室裡有幾個學生紛紛回頭看著走出教室的然厚，臺上的講師則是停頓了一下，便繼續講課，似乎早對這樣的情景習以為常。然厚就連簡單的眼神示意也沒有，逕自離開教室。雖然只在這裡待了一天半，但他實在感到厭倦。

不管怎麼想，他都覺得自己這輩子的運氣在那時便用光了。他將沉重的背包抱在胸前，拖著依舊沉重的步伐向前。口袋裡的手機震個不停，是媽媽打來的。這時間，然厚理

4 韓國大學入學時需繳納一筆入學費用，稱為「入學金」。僅需於入學時繳納一次即可。

應在補習班上課，媽媽可不是會隨便在上課時間打來的人。只不過然厚也不是會立刻接電話的人，即使這通電話來的時機很怪，即使他並沒有在上課。電話很快斷掉，然後又再度響起。這次他仍然沒接，然後是一封訊息，媽媽似乎打定主意要聯絡上他。

——聽說你在瑞草洞？你不用補習嗎？

唉，這些阿姨的情報網簡直是什麼通報熱線，消息傳得飛快。然厚知道他只能怪自己，沒有事先想到這點就跑來這一帶閒晃。但即便事先想到這個可能，真的遇上熟人他也束手無策。他之前的室友成天擺臉色，一直希望他能盡快搬離。即使室友沒有擺臉色，然厚也實在無法放心回家。自從某一次，他沒等自習時間結束便回家，直接撞見室友跟女友正在滾床單的場景後，回家便成了一件令他煩躁的事。他不想每次都問室友現在方不方便回去，他是正式的租客，又不是外來的客人。這個大學同學一點禮貌也不懂，臉皮越來越厚，連帶他的女友也越來越不知羞恥，該說兩人真是天生一對嗎？動不動就問然厚週末不回家嗎？怎麼這麼早回來？最近準備考試不順利嗎？一看就知道他們在打什麼算盤，但好好先生然厚忍了下來。畢竟自己一個人搬出去住，就只能選擇考試院了。即使租屋處位在半地下室，但共享公寓還是比考試院舒服。也因此然厚要自己忍耐，但最後還是忍不住了。

上個月，他睡到一半覺得口渴醒來，便只穿一條內褲走出房門。畢竟是在家裡，這是理所當然的事。他打開冰箱，倒了杯水準備回房，邊走一手邊伸進內褲裡抓癢，這些都是再自然不過的行為。畢竟他才剛睡醒還有些迷糊，更何況這裡是他家。時間是清晨，他的小兄弟正是精神抖擻的時候。然厚好歹是個血氣方剛的年輕人，晨勃是正常的生理現象。在理應只住了兩個男人的房子裡，這是再平凡不過的風景。

頂著惺忪睡眼轉身準備回房的然厚，被眼前的畫面嚇了一大跳，手上的杯子瞬間摔在地上，因為那個女孩子在他面前驚聲尖叫。欸，該尖叫的人是我才對吧！然厚心想。眼前的女孩只套了一件寬鬆的T恤，根本不知道有沒有穿內褲。她明明是訪客，卻打扮得像在這裡定居已久的遊魂，竟然還敢對自己尖叫！見她這副打扮，然厚先是覺得這根本和同居沒兩樣，又覺得男女朋友想成天膩在一起也很正常。既然她留宿在這，那麼兩人在家中偶然撞見也是正常，於是便決定用他那顆寬大的心接受一切，對這樣的情況一笑置之。

室友一聽到尖叫聲便立刻以光速衝了出來，好像女友看見什麼不該看的東西，心疼地摟著女友進房，離開前還不忘惡狠狠地瞪了然厚一眼。然厚本想跟室友解釋，說自己只是不小心看到他女友穿得比較少，並對女友笑了一下，試圖表示那一切只是誤會，但已經錯過解釋的時機。他只好拿著兩公升裝的礦泉水瓶，黯然回到房間。

後來偶爾想起這件事，他還是會覺得對方實在很不要臉。從那次之後，混蛋室友每次看見然厚都會露出非常鄙夷的態度，像在看一隻蟲子。即使然厚已經盡量避免跟他碰面，但房子實在太小，還是無可避免的會碰到面。而且室友的女友幾乎已經把他們分租的房子當自己家在住，所以這樣的事後來又發生了幾次。然厚知道，對方肯定把他當成一條邪惡又噁心的蛇來看待。更慘的是，這房子的隔音非常糟糕。然厚還曾經在房裡大吼：「你們這兩個傢伙！我才是受害者！」

原本在想要不要已讀不回媽媽的訊息，但他最後還是盡可能用最溫柔的語氣回覆：

——啊，我剛剛是急著去上課，沒有好好跟阿姨打招呼啦。不過她真的好會炫耀喔，我都沒辦法讓妳炫耀，抱歉啦。

傳出「抱歉啦」幾個字時，然厚心底突然升起一股原本不存在的愧疚感。過去他一直告訴自己，這樣也不算太糟、他還沒有落後別人太多、三十歲前一定有辦法。他一直抱持這個心態安然度日，如今這股不知從何而來的愧疚感有如海嘯般席捲而來。而且看到民龍這個樣子，他也清楚知道，沒有人敢確定到三十歲前一定有辦法。現在要找工作已經不容易了，如果找到的是約聘而非正職，還得面臨不續約的風險。公職人員考試之於然厚的意義，就等於當年司法考試之於爸爸的意義。真是沒想到，他們父子竟然在這方面如出一轍。

——沒關係，我還有女兒啊。

連個表示開玩笑的呵或哈都沒有，真不知道媽媽怎麼有辦法對兒子說出這種話。就算妹妹讀書、打工、多益、口說能力測驗全都兼顧得很好，也不該這樣對兒子啊。媽媽這種態度總讓然厚覺得她很沒血沒淚。本想說這一次真的要狠下心來已讀不回，但他隨即想起明天就是發生活費的日子。生活費。住家裡時他還不懂離開家之後的生活會有多苦，搬出來自己住才發現，沒有什麼開銷比生活費更沉重了。如果現在已讀不回，會讓他心裡有些不踏實。該回什麼才好？然厚一直盯著螢幕上的訊息，直到螢幕快要自動上鎖時，才終於寫好一句話。

——我會更努力的！^^

神經。

訊息送出去後，然厚忍不住咒罵自己。

努力的世界究竟是個怎樣的地方？然厚只有在外頭參觀過，從來不曾親自涉足。努力讀書、努力打工、努力談戀愛之類的事，一點都不適合他。他以前讀過書，現在也在讀書，但實在都稱不上努力。他也曾經打過工，但別說努力了，每次打工甚至都沒做超過一個月。

唉，打工！

那真是然厚根本不願想起的事情。幸虧他長得還不錯，總是能輕易找到咖啡廳的工作，但阻礙他的最大因素是健康證明。每次要提交健康證明時都得做健檢，看似非常簡單，其實並非如此。原因在於有一項檢查是必須拿棉花棒戳肛門。當然，這件事是讓受檢者自己執行，真要說起來不是什麼大事，但也不能輕忽。

然厚第一次嘗試打工，是在江南站附近的咖啡廳，跟他在同一個時段值班的女生就住在附近。國小、國中加總起來，他們大概同班了三、四次。雖然差點沒認出來，但因為對方的長相也沒有澈底改變，兩人最後還是相認了。對方似乎去割了雙眼皮、開了眼頭，鼻子也隱約比以前挺了一些。做得很自然，顯然是找了位技術高超的整形醫師。然厚想跟對方好好相處，畢竟住在同社區，又是同學，相處起來很輕鬆。最重要的是，對方很漂亮！

先說結論，最後失敗了。然厚腦海中始終有根揮之不去的棉花棒。他總是不時會想：難道她也跟我一樣做了那個檢查？於是兩人的關係一直停滯不前，只會偶爾聯絡一下聊個天。現在則像斷了線的風箏，完全不知道對方的近況。

由於零用錢這種東西不管多少都不夠用，然厚又嘗試了幾次打工。打工的好處有兩個：第一是能賺到錢，第二是能減少花錢的時間。咖啡廳的工作比餐廳外場或烤肉店洗烤盤輕鬆又簡單，要不是偶爾會遇到難應付的客人，實在沒什麼好嫌的。問題在於然厚不喜歡這份工作，也討厭對陌生人鞠躬。領著連兩杯咖啡都買不起的時薪，卻要他去打掃廁所這點也令他很不滿。他勉強自己做這些事情，別人都看在眼裡，於是他總是錄取後沒多久就被炒魷魚。

爸爸批評然厚不懂事，要他再討厭工作也還是得幫自己賺點生活費，不能藉口準備考試，成天靠媽媽給生活費過活。然厚不是沒有回嘴。他總會回爸爸：「就是不想做不喜歡的事。」然後好像要與家裡斷絕關係似地離家出走個幾天。搬到鷺梁津之前，他也沒有真的把離家出走當一回事。頂多就是躲到朋友家或二十四小時營業的漫畫咖啡廳，再不就是到弘大的夜店玩個通宵。至於離家出走的基金，則是偷偷從媽媽那裡領取補助。從這點來看，然厚還是有點專長。他這輩子最認真做的事，恐怕就是跟媽媽要錢。

他收到一個表情符號。那不知是熊還是獅子的動物，雙手舉高做出萬歲的姿勢轉著圈，左右兩邊各寫了O、K兩個字母。媽媽居然傳這種可愛的貼圖，真是肉麻。

實在沒什麼地方好去，於是他走進地鐵站。在這個二號線與三號線交會的車站，地下一樓也有一些能休息的座位。有幾個中年人坐在那，不知是在等人還是單純在發呆。然厚找了個角落坐下，開始看起通訊軟體的對話清單。都已經翻到幾乎有一、兩個月沒說話的朋友了，還是不知道該聯絡誰才好。這兩個月裡，有跟他互傳訊息的人實在不多。就是民龍、祖克、媽媽、家族群組，還有還沒退出的讀書群組，其他都是些垃圾訊息。好吧，好久沒自習了，不如去自習一下吧。偶爾也要自習一下，才能夠記得自己依然是個考生。然厚奮力起身，走下階梯。

這棟商場破舊的程度，會讓人懷疑這裡到底是不是在江南。落成四十年，不對，落成三十九年的建築物難道都是如此嗎？晚上的商場看起來比白天更陰森，一整排望過去，還剩下幾間零散的店家仍在營業。不知是不是心情使然，總覺得在那些店家進出的客人似乎也缺失了些什麼，就像這落魄的商場一樣。

民龍開門走進亟兀商會。他能隱約在「亟」與「兀」兩個字左邊與上面，看見剝落許久的部分。這間原本叫作「極光商會」的店，店內商品就像招牌一樣簡陋。老闆冷漠地掃了民龍一眼，便繼續看向掛在牆上的電視，一點也不在乎有沒有客人上門。他的雙眼非常疲憊，眼前的電視螢幕上充滿了裸女，不對，是裸體的假人模特兒。螢幕上還寫著整套售價七萬九千九百韓元，待售商品是內衣褲組。老闆幹麼看這種節目？是想趁機換賣其他商品嗎？還是想藉這種東西取代色情片？記得自己好像有一本維多利亞的祕密的目錄，下次是不是該拿來給老闆當禮物？搬家時不是都要送點禮物跟街坊鄰居打好關係嗎？雖然通常都是送年糕，但改送維多利亞的祕密似乎也不錯。這一連串的想法都是在民龍開門入內後，對著就坐在門邊的老闆說「請給我一包RAISON YOGO涼菸」前發生的。

「沒賣。」老闆的回答很簡短。

「為什麼？」

由於老闆的回答很簡短，民龍也跟著回得很簡短。沒賣就沒賣啊，還問為什麼。這個地方天天都有東西在消失，睡一覺醒來又有人搬走，停車場的車也越來越少，還想要求什麼？

「前天賣出去的就是最後一包了。」老闆意興闌珊地說，這就是人生，凡事都有盡頭。雖然永遠沒有盡頭的確很好，不過結束也不一定比開始更差，以一顆謙遜的心接受結束的到來對自己比較好。他說得很慢，臉上的神情還十分悲壯。

「你說……最後？」

「就是最後啊。但其實也不是最後啦。」

這間店是怎樣？老闆不知在裝什麼文青，是這個社區的特色嗎？是不是不該隨便跟他搭話……就在民龍內心有些糾結、遲疑時，老闆掏出兩根菸，笑著把一根遞給他。

「只剩下我這包了，而且沒剩幾根。」

老闆用打火機點燃香菸。他沒有開口，但民龍還是自動自發地把門打開，讓菸味能散出去。老闆把點著火的打火機遞過來，民龍又反射性地低下頭，用手包住火，讓自己嘴上的菸能更快點燃。這些全部只要七萬九千九百韓元！電視購物的主持人用發自丹田的力量吼著。

「你新搬來的啊？」

這位大叔講話的口氣好隨便，讓民龍回得有些不情願。

「昨天……搬來的。」

老闆像是早料到似地點了點頭，繼續吞雲吐霧。民龍將整個上半身探到門外，將嘴裡的菸往外吐。他看見商街停車場對面有一名不算太老的中年男子走了過來。

老闆注意到那名男子，便從冰箱拿出三罐五百毫升的豪格登啤酒，將啤酒夾在腰間走到戶外，將一旁三張疊在一起的塑膠椅子分開放好。這時男子已經走到店門口，一屁股坐到椅子上，接過老闆遞來的啤酒，手腳俐落地開了罐，一口氣灌了三四口，接著瞇起眼看了看四周，又抬頭看向天空。

民龍也接過老闆遞來的啤酒，卻站在一旁不知該不該開來喝。老闆跟那名男子一樣，開罐、喝酒、看看四周再抬頭，動作一氣呵成。現在兩人正用相同的姿勢抬頭望著天空，中間還留下一個空位。民龍猶豫了一會兒，才坐到中間那張椅子上。這怎麼回事？強迫推銷嗎？

「慶祝你搬進來，請你喝酒。」

聽老闆這麼一說，民龍嚇得差點從椅子上跳起來。

「我……嗎？」

民龍的反應太大，害老闆嗆了一下。他邊咳邊說：

「是啊。」好不容易恢復平靜的老闆，頂著一張咳到發紅的臉看著民龍。

「你不要捉弄小孩子啦。」本來在一旁靜靜看著兩人互動的男子嘻嘻笑著。

「這是我請的啦，大哥。還在幹麼？快喝啦！」

老闆拿起自己的酒瓶輕碰了民龍手上的罐子，民龍這才把酒打開。但一想到剛才被人家稱為「孩子」，就忍不住想發難，他已經三十二歲了啊！

「叭叭叭，叭叭叭叭，叭叭叭，叭叭！」

男子突然發出怪聲，把民龍嚇了一大跳，還真是些怪叔叔啊。怪歸怪，他哼的旋律好像曾在哪聽過。男子繼續用手掌拍著大腿，一邊用腳尖打拍子。這尷尬的氣氛就像民龍彆扭的坐姿，令他渾身不自在。他漸漸開始想，究竟什麼時候能離開這奇怪的地方。啤酒真的太大罐了，他從來不知道五百毫升有這麼多。

男子真的開始哼起了歌。老闆則對著民龍笑，做出舉杯的姿勢。

「Somke on the water, fire in the sky……嗯噠噠，嘟噠噠噠……Somke on the……」

是深紫樂團，這首名曲我也知道。民龍心想，跟著小小聲哼唱起來。看見民龍的反應，男子也對民龍露出笑容。

「When it all was over, we had to find……time was running out……We would lose the race……」

與其說是唱歌，男子更像是以演說的方式在吟唱歌詞。他左手執著啤酒罐，右手直挺挺地向前伸出去，有如一名滔滔不絕的演說家。在唱到「over」與「find」這兩個詞的時候，還不忘刻意咬住下唇以正確發音。

「We didn't have much time……不對，不對，不是『We』，是『I』才對。欸，你今年幾歲啦？」

「我嗎？三十二歲。」

「是喔？那趕快戒菸吧。像這傢伙已經沒救了，抽菸會著火的是這裡，才不是天空。」男子拍了拍自己的胸口。

「大哥，是『We』沒錯，他沒有算在裡面，是『We』。」老闆各往男子跟自己的胸口拍了一下。

「先生……那個火不是在說香菸的火……」

民龍才開口，男子便大聲打斷他，看起來似乎已經醉了。

「你知道伊恩．吉蘭嗎？就是深紫樂團的主唱。總之這位朋友啊……不對，我也真是的，他是一九四五年生的，跟我不算是朋友。總之呢，嘶吼唱腔的爆發力道就是有一種他的韻味。砰！像活火山一樣，然後四處都會著火，嘩！」

男子雙手往上做出火山爆發的姿勢，飛濺的啤酒噴到民龍臉上。伊恩．吉蘭？主唱？原來是在說他啊。話說回來，唱這首歌的時候是用吼腔嗎？

「他說他老是忘詞，所以高音部分都用嘶吼帶過，結果就因為這樣，跟瑞奇．布萊克摩爾大打了一架。瑞奇．布萊克摩爾你知道吧？就吉他手，深紫樂團的團長。」

瑞奇什麼？雖然聽起來像什麼咖啡的品牌，民龍還是點了點頭。

「雖然老了，但他還是很會唱。」

民龍繼續點頭。

「你的夢想是什麼？」

男子話鋒一轉，突然問起夢想，讓民龍有些摸不著頭緒，但這還是比被問「你想做什麼」要好上一百二十七倍。

「我已經沒有夢想很久了……」

民龍用手將額前的頭髮往後撥。是因為這髮型的關係，讓他看起來很好欺負嗎？如果買把剪刀回來自己剪，要剪幾次才能回本？民龍在心裡計算了一下。他只去過家附近的傳統理容院，所以他打算用弘大這種市區的價格來算。但在弘大剪一顆頭要多少錢呢？

民龍的回答讓男子覺得他怪可憐的，忍不住嘖了兩聲，搖搖頭換了個問法：「你長大以後想做什麼？」

好像被怪人纏上了，但兩名男子分別緊挨在他左右兩側，讓民龍沒有勇氣直接起身走人。

「我已經長大了……」

這句回答又讓老闆嗆了一下，方才喝進嘴裡的啤酒都噴了出來，咳個不停。

「欸，會嗆到是你氣管有問題吧！真是太浪費酒了！」

男子伸手從民龍身後繞過去，打了老闆的背一下。

「小時候的志願……」

兩名男子滿心期待地看向民龍。

「是當忍者。」

好不容易冷靜下來的老闆又咳了起來。

鑽石溫泉迎來了新的一天。在沒有任何自然光線照入的睡眠室裡，依然能從周遭的動靜察覺新的一天來到。隨著值班員工交班，氣氛也有所轉變。疲憊不堪的員工離開後，早班人員帶著外頭充滿活力的空氣進到室內。清晨才入場的醉客酒似乎還沒醒，頂著一張努力思考剛才究竟洗過澡沒的苦惱神情，神奇的是，沒過多久後竟能神清氣爽地離開。汗蒸幕迎來一天人口密度最低的時刻，他伸了個懶腰，正式開始全新的一天。

伊恩會在八點前離開汗蒸幕，因為如果再晚就會被多收附加費用，這可比計程車的燃油附加費更划不來。他認為這個附加費用的算法很怪，而汗蒸幕的一般計價方式更怪。以七點為界，前後時段竟相差了兩千韓元。為了省這兩千韓元，他絕對不會提早入場。伊恩認為這種在他離家前，每一分每一秒都要精打細算、一毛不拔的鐵公雞行為，他已經做了一輩子，也差不多夠了。他還是喜歡汗蒸幕裡那種想吃就能吃、想睡就能睡、想起來就能起來的生活。

伊恩背著背包，穿著登山裝，走進沿著高速公路拓建的人行步道。他手上拿著水瓶，不是保溫杯，而是個拋棄式的寶特瓶。他已經用了超過一個星期，裡頭裝著剛離開鑽石溫泉時從飲水機裝的水。背包裡裝了備用的內衣褲、T恤、拋棄式刮鬍刀、一雙襪子及手機電池。

他的步伐非常緩慢，走在高速公路隔音牆與公寓社區之間的人行步道上，往來的人不時注視著他。人們之所以對他行注目禮，不是因為現在是早上，而是因為他的穿著打扮與年齡，跟這個時段會出現的行人不太一樣。他們其中有些人跟伊恩碰過幾次面，卻沒有任何人跟他打招呼，伊恩也沒有主動問好。這是該社區居民的的特色之一，他們不會用這種方式攀關係。他們僅只是住在同個社區，除非有其他關聯性，否則他們對彼此來說都是陌生人。

所謂的關聯性，包括一起參加家長聚會、同是運動中心的會員或同教會的信徒等。住在社區的這段期間，伊恩唯一熟識的只有錄影帶出租店的老闆，也就是現在極光商會的老闆。伊恩與太太可說是相當鮮明的對比。太太曾說過，雖然她自己也不太愛社交，但住在這樣一個大社區裡，還要照顧孩子，自然而然會與鄰居密切往來，若不這麼做，孩子跟媽媽都會遭到排擠。伊恩無法判斷這些話究竟哪些是真，哪些是假，因為……他實在是無從判斷。社區裡發生了什麼、太太發生了什麼、孩子發生了什麼，他一概不知。

遠方，一隻黃金獵犬正被一名身形矮小的女子拖著往前走。那隻狗有戴上嘴套了嗎？是不是有說要制訂法令，強制大狗戴嘴套？還是已經有相關法令了？伊恩很怕大狗，雖然他從不曾跟狗有過什麼過節，但看到狗就是無法放鬆警戒。即使只是小狗，只要吠個不停、動不動就興奮過度，就不容易搏得他的好感。伊恩與那隻沒戴嘴套的狗距離越來越近，忍不住吞了下口水。這條步道很窄，而那條牽繩的長度超過步道的寬度。他決定往步道旁走一步，並蹲在一旁假裝綁鞋帶。唉呀，那傢伙的速度也突然放慢了，鼻子朝草叢聞個不停，又跑去樹下抬起一條腿來撒尿，好不悠哉。伊恩尷尬地蹲在一旁，使力讓自己在微微傾斜的步道邊坡上站穩腳步，雙腳的肌肉越來越僵硬。快點走過去吧，快點。他重綁了三次鞋帶，試著消磨一些時間，那隻狗依然沒有離開。正當伊恩覺得一隻腳快要抽筋，想換個姿勢時，下方那隻腳突然滑了一下，害他一屁股跌坐在地。這個動作彷彿像個訊號，狗瞬間汪汪叫著朝他衝了過來。伊恩根本來不及爬起來，只得維持跌坐在地的姿勢拚命向後退。同時還聽見女子用很有禮貌的聲音對他喊：我家的孩子不會咬人。

有一次，妻子帶回一條褐色的貴賓犬。本來說是玩具貴賓，誰曉得狗竟然一天比一天更大，沒過多久便長成一條健壯的大狗。而且牠才被帶回家沒多久，在家中的排序便已超越伊恩。從狗對待家人的態度，就能明顯區分出每個人在家中的排序。在此之前，伊恩對所謂的排序還有相當嚴重的誤會。先別說他一直傻傻認為自己是家中排序最高的那個人了，他也實在沒想到竟會被一條狗給擠下去。家裡只有他與狗的排序對調，其他人依然不變，仍是妻子高過女兒，女兒高過兒子。

「可能是因為菸味吧。」對於狗一看到伊恩便會吠叫、凶狠地露出獠牙一事，妻子如此分析。

她真的這樣想嗎？記得之前，她也曾藉口一些小事提起香菸的事。例如說因為菸味散不掉而特別買新寢具、換新沙發時。皮革沙發真的有可能沾染菸味嗎？更換窗簾、壁紙的時候，她也沒忘記提起菸味。

記得換壁紙那天，天氣非常熱，太太說怕壁紙會裂開，把窗戶緊緊地關上了。屋內的濕氣與黏膠味令人難受，她還是不願意開窗，把伊恩與太太兩人都弄得頭痛又口乾舌燥，最後只好去鑽石溫泉住了兩天。幸運的是，孩子恰好去參加三天兩夜的校外教學，都不在家。

伊恩原本有些期待能跟太太度過溫馨的時光，只是太太似乎完全沒有那個意思。如果有，兩人肯定不會選擇汗蒸幕，而是會去住飯店。如今對太太來說，伊恩不像男人，而對伊恩來說，太太也不是女人。他們是家人，因為是家人，就因為是家人……這樣不就夠了嗎？他想。可他也是到了現在，才偶爾有這樣的想法，那時的他，一點思考的餘力也沒有。外頭的生活讓他焦頭爛額，每天光是上班就精疲力盡，家務事只能全部交給太太。一對夫妻之中，總要有人負責處理瑣碎的家務事、負責照顧孩子，而那個某人似乎理所當然的不是伊恩而是太太。伊恩認為光是負責賺錢回來，就已經盡到了自己應盡的義務。他對此感到驕傲，他是真心這麼想。

伊恩在三樓男澡堂洗完澡後，便到四樓的男女公用區去等太太。反正在這裡不需要在意時間，所以沒有特別約時間碰面。在這裡頭，他們只需要吃、睡、洗澡、發呆、看電視，然後到汗蒸房裡待一下再出來。如果還是覺得身體沉甸甸的不夠暢快，再去按個摩就好。伊恩第一次體驗這種使用時間的方式，令他十分驚訝。汗蒸幕裡，沒有任何一個人露出著急的神色。人們都穿著相同的衣服，在地上翻滾、睡覺。沒想到世上竟有這種隨便找個空位躺下，就能完全占有該空位的地方！在這裡竟然只要拿一個用廉價膠膜隨便亂包、硬得像磚頭的枕頭，就可以隨便躺下來休息！

不過多爬了一層樓，伊恩便覺得自己彷彿踏入另一個世界。男女共用區並非是指男女存在於同一個空間，而是在這個空間裡沒有所謂性別之分。汗蒸幕提供的衣服像一套魔法斗篷，說是衣服似乎還有些貶低它的價值，那幾乎能說是一個完美無瑕的物品。它不僅去除性別的差異，更將個性、地位或年齡等個人特徵完全抹去。只要穿上這一套汗蒸服，人人都變成不知名的生命體。伊恩斜靠在牆邊，看著眼前的金字塔造型汗蒸房，他眨眨眼，呆望著眾多生命體來回移動的小腿、脖子、突出的肚子、下垂的胸部、粉紅色的腳掌，逐漸墜入夢鄉。

他一直聽見一個巨大的聲音，難道是作夢夢到一輛狂野的外送機車跟在自己身後嗎？就在那摩托車的噪音逐漸追上來、即將撲向自己時，伊恩尖叫著醒來。一睜開眼，他愣住了。這裡是哪？他半撐起身子，壓抑住第二次的尖叫，趕緊抬起屁股扭著腰往旁閃開。只見左手邊有個人，澈底忽視每個個體之間的安全距離，緊貼伊恩熟睡著。那是個粉紅色的團塊，是一名女性。仔細想想，「去除性別差異的空間」不過是伊恩錯誤的第一印象，是一種不能輕易相信的偏見。否則現在的伊恩怎會在本能驅使下趕緊退開，以求維持與對方的安全距離？

雖說是沒有性別之分的公共區域，但她怎麼有辦法緊貼在素昧平生的灰色團塊旁邊睡覺呢？而且還大聲打著呼！等等，這個粉紅色團塊似乎有點眼熟。手腕上那紅色的斑點、圓圓的肩膀以及嵌在肥胖手指上的那枚戒指，怎麼看都覺得眼熟。伊恩苦笑了一聲，感到有些失望，但也鬆了口氣。沒想到這女人至今還戴著結婚戒指，也沒想到那戒指看起來還是那麼新，真是莫名感到噁心。

社區的水杉樹林蔭道已經長到十層樓高了，一眼就能看出這個社區已經落成多年。步道則是在社區落成後才規劃，一旁種植的樹木相形之下矮小許多，他覺得這樣的差異並不壞。無論是什麼，年輕的生命都令人心情平靜。這條步道由防水聚氨酯與泥土交錯鋪成，兩旁還有不少盛開的花朵，沿著步道一直走下去，便能抵達南部循環道路，過了那條路就是牛眠山。這條散步路線會經過牛眠山頂的許願塔，不知為何，總覺得只要看見那由細碎石塊堆疊而成的許願塔，人人都會不由自主地往上再疊一塊石頭，祈求心中的願望能夠實現。伊恩沒有為那座許願塔添加任何一塊小石子，他沒有必須依靠這種迷信的迫切願望，而且對他來說，那許願塔不過是政府刻意設立的造景。他一屁股坐在許願塔旁的長椅上，又躺了躺固定在地面的輪胎，伸展自己的脊椎。伸展完後他起身，往藝術的殿堂方向走去，這樣一來，他一天的固定行程就算結束。但現在仍是上午，時間走得還真是緩慢。

民龍一直到國中的志願都還是當個忍者，之後就沒有所謂的志願了。在他開始長鬍子後，志願這種東西甚至比不上被雨淋濕的畫片。濕透又晒乾的畫片會失去光澤，成為一張普通的紙。

民龍在公寓裡足不出戶窩了好幾天，就算外出也只是到亟兀商會買菸。不過現在去那裡也不只是買菸了。每天下午去亟兀商會，總會遇見伊恩。而一看到伊恩以極為緩慢的速度走來，亟兀商會的老闆便會像巴夫洛夫的狗那樣，反射性拿出三罐啤酒。自從那天民龍偶然加入了兩人喝啤酒的行列後，每到下午他便會去亟兀商會報到。真是奇怪，他竟開始主動想加入這個聚會。其實民龍跟那兩人也沒多聊什麼，他也不是無酒不歡的人，偏偏只要一到下午，他就會自動自發地出門。

第一天，民龍喝了五罐啤酒才離開，剛好花了他五個小時，這樣的聚會也隨著亟兀商店關門而散會。

「你有刀嗎？」當他一說曾經的未來志願是忍者，伊恩便認真地問他。

民龍身上根本不可能有刀，但他還是摸了摸自己的口袋。

「你不是說你是忍者嗎？」

民龍先是有些疑惑，隨後才恍然大悟，並將伸進口袋裡的手抽了出來，尷尬地摸了摸自己的頭髮。那只是志願而已啦，又不是真的當上了忍者，民龍在心裡嘟囔，還覺得有些委屈。商會老闆咯咯笑了。

「好，那我問你，你想除掉誰？」伊恩一臉正經地問。

什麼除掉誰？我從來沒想過要除掉誰，只想除掉我自己。民龍試著想像自己拿著忍者的刀。忍者的刀很長，應該能立即砍斷自己的身體。仔細一想，要想當忍者，首先必須有想殺害的目標，如果沒有目標，就無法證明自己是忍者。話說回來，當忍者需要什麼資格證明嗎？

「這、這個我還沒……」

民龍回答的態度，好像自己的志願依然是成為一名忍者，或者他已經是個隱瞞真實身分的忍者了。

「那太好了。」

伊恩點了點頭，指示老闆繼續拿啤酒來。老闆笑了，露出他那一口亂糟糟的暴牙。伊恩打開老闆拿來的啤酒，接著低聲說：

「我給你一個座標。」

「大哥，你也有想除掉的對象嗎？」老闆插嘴問道。

「你清晨六點去那個良才站。」

清晨六點，是不存在於民龍人生的時間。退伍後，清晨六點對他來說等於不存在。

「然後會看到一個繫領帶的傢伙，那裡有很多跟他很像的人，但我想你應該一眼就能認出他來。」

這位大叔越來越怪了。民龍心想，並瞄了老闆一眼，沒想到老闆不知何時換上一副漠不關心的表情，猛盯著啤酒罐的開口往罐子裡瞧。

「他會在那裡等公司的接駁巴士。那裡會有好幾個人在等巴士，不過就算你認錯，不小心除掉別人也沒關係。」

「那個人到底是誰？」

自己竟聽得這麼認真，民龍覺得有些可笑，卻還是忍不住開口詢問。反正喝酒時講的話不必太當一回事，這可是大韓民國的男人不言自明的默契。

「嗯，他頭髮很多。」伊恩用手摸了摸自己的額頭，眨眨眼睛，好像這樣就能讓頭髮看起來多一點。「肚子有點大。」

頭髮多，肚子很大？那要怎麼分辨？要挑出不符合這兩個條件的人似乎還比較容易。民龍心想，他果然是捲入麻煩事了，這令他有些慌張。

「你是要他空手去嗎？」老闆突然插嘴。假裝沒在聽，但其實什麼話都聽在耳裡，就是他的專長。

「忍者是怎樣的人？不就是誰都有辦法殺才叫忍者嗎？這就是忍者存在的理由，我正在賦予他存在的意義。」

哎呀，難道這位大叔是在發酒瘋嗎？民龍覺得有趣，又感到失望。但他不能否認，更讓人失望的其實是自己，他沒想到自己竟會這麼專心地聽一個醉漢胡言亂語。

「你的實力可以信賴嗎？」伊恩極為認真地看著民龍。

其實民龍在放棄忍者這個夢想前，確實自行做過一些訓練。像是被稱為「骨法」的忍者武術，他決定用小時候曾取得藍帶資格的跆拳道代替。至於挖地術，則是因為他非常討厭泥土卡在指甲縫裡而決定放棄。忍者的游泳技巧是潛泳，所以他只要能在水裡待上一段時間就夠了。弓術的部分因為沒有弓，便決定以彈弓替代。騎馬術則是曾想藉著騎社區的小白狗來取代真正的馬，後來卻被狗狠狠「教訓」了一頓。最後一項技能是爬樹，民龍一直很希望至少能好好完成這項技能的訓練，於是他每天都上樹。如果只是爬樹，那幾乎每個小孩都辦得到，但為了凸顯忍者的威嚴，他需要與眾不同的爬樹技巧。

民龍突然起身離開座位。

「這麼早就要走啦？」老闆的問句有些惋惜，卻也夾雜一絲絲的漠不關心。

太陽逐漸下山，即使天色還沒轉黑，家家戶戶仍逐漸亮起燈火，店門口的看板與路燈也亮了起來。民龍看了看四周，接著走向停車場一角的水杉樹。老闆跟伊恩都目瞪口呆地看著民龍不吭一聲地就往前走。

接著民龍噠噠噠地跑了起來，他想利用加速度啪、啪兩腳各踩一下來個空翻，沒想到就在他最後用力踩下去的那一刻，腳突然踩空，一個踉蹌摔倒在地。民龍呈大字形倒在地上，雙眼緊閉了一會才睜開。只見路燈的燈光如細針一般，自樹葉間的縫隙刺痛他的眼。天空無比平靜，只是看在民龍眼裡，那樣的平靜卻像有人在他眼前忍著笑說：會假裝沒看見剛才發生的事。躺在地上的民龍感覺到一絲初夏的微風拂過額際，他沒來由地流下眼淚。為了掩飾這份尷尬，他假裝是在擦汗，用手臂抹了抹眼睛和額頭。他聽見兩人咯咯笑的聲音，便起身拍拍屁股，走回原來的位置。手肘擦破了皮，已經開始流血，但他刻意將手肘緊貼著側腰，不想讓兩人看見自己的傷。

「我之前很厲害的。」民龍沮喪地說。

伊恩拿起放在椅子上的啤酒罐給他。「沒關係，這個任務不難。」

原來他沒有放棄那個任務啊。民龍很高興、感激，又覺得有些荒唐，一時不知道該說些什麼，只好喝起酒來。這位大叔真是比想像中更有毅力。

「那傢伙就像殭屍，他會拖著還沒醒的身體晃到公車站，一搭上公車又立刻睡著，真不知道他為什麼會活著。」

「說人家是殭屍也太過分了吧，大哥。」老闆又插嘴了。

殭屍兩個字讓民龍小小嚇了一跳，因為他覺得像他這樣的人，才是不知從何時開始過得像行屍走肉。把那些清晨出門上班的人說成是殭屍，會不會太委屈他們了？他們好歹是在進行生產活動的人啊。人一生從事生產活動的時間短暫，卻會花一輩子的時間消費，伊恩竟把如此勤於生產的人稱作殭屍，不禁讓民龍覺得他外表看上去雖是個老好人，實際上或許比想像中更加苛刻，否則怎會如此看待努力賺錢的人？

「你去過自然史博物館嗎？」

民龍弄不清伊恩這問句的對象是誰。

「要是去那邊啊……」

「你是問哪裡的自然史博物館？紐約？倫敦？只有這幾個地方有吧？」

老闆打斷伊恩的話，把話題帶往別的方向。他就是這樣，像個教會學校的小朋友，總是先低頭認真傾聽，然後突然冒出一句莫名其妙的話來妨礙對話進行。話被打斷的伊恩對老闆皺起眉頭，接著轉向民龍。

「有個叫振子的東西，你看過嗎？」

「我沒去過自然史博物館，但振子我有看……」

「那傢伙就像振子。」

「什麼？誰？」

「就是那傢伙啊，還會是誰？」

「什麼？啊，是……那……那傢伙啊……」

「忍者可不能忘記自己的目標啊，反正就是那個傢伙。就算會搞錯，也絕對不能忘記，絕對不能。」

忘記目標或許很嚴重，但搞錯目標也是大事啊。民龍很想糾正他，但伊恩的表情實在太認真，他決定還是把話忍下來。

「那傢伙啊，是一個不懂得何謂平衡的傢伙。每天只會在家、公司、家、公司之間往返，就像振子一樣擺個不停，哪有停下的時候？仔細想想，他唯一能停下的時間就只有在巴士站而已。」

民龍緩緩點了個頭。

「但那傢伙連這點都沒察覺到，只是頂著一張憔悴的臉，往返於家與公司之間，以為偶爾去一下酒館就有多離經叛道，但那只是一種擺動的週期罷了。與振子的質量、振福一點都沒關係，是一種固定的現象。就算去酒館又怎樣？他還是會回家，等到隔天清晨，又義無反顧地去良才站等著搭公司的接駁車。」

民龍似懂非懂地看著伊恩，思考著是否要問他是不是物理系畢業、還是他很想讓別人知道自己是物理系畢業，才會特地拿什麼振子來當比喻。在民龍猶豫的期間，商會老闆卻像早已熟悉這一切似地，靜靜看著一旁亮燈的人家，絲毫不打算理會伊恩。

「但你知道嗎？只有在振幅小的時候，擺動才會這麼固定，振幅一大，那事情可就不一樣了。這是振幅的問題，你懂嗎？」

伊恩瞪大眼看著民龍，寬大的額頭瞬間被他睜大眼的動作擠出五、六條深深的皺紋。民龍感嘆，如果伊恩去公務員補習班當講師，說不定會成為明星講師。民龍知道他的意思是說，找到工作後，人會一輩子在住家與職場之間往返，像民龍就是在家與亟兀商會之間往返。至於振幅大小的差異，其實是說往返於住家與職場的振幅並不大的意思。若把這套理論放在民龍身上，就是在說他無論如何掙扎，都無法擺脫這個社區的困境。伊恩的一番話，讓民龍瞬間聯想到許多自己面臨的現實。

民龍喝了口啤酒，開口問：「他在幾號出口啊？」

伊恩盯著民龍看了一會兒，接著突然大笑起來。民龍有些不好意思，先是乾笑了幾聲，然後才跟著伊恩一起大笑。原本因為尷尬而擠出的笑容，很快化做小小的浪席捲了民龍。接著伊恩突然止住笑，跟商會老闆一樣沉默地看著對面的窗戶。沉默就這麼維持了許久，最後伊恩才突然開口：

「你要在十年前去才能找到他。」

伊恩望向天空，雙眼努力想要聚焦。天空逐漸被黑暗所籠罩，小小的飛蟲聚集在一塊就像顆漂浮在半空中的球。

「但還是先把刀磨好準備著吧。」

伊恩握緊手上的啤酒罐，罐子啪嚓一聲被壓扁。

民龍躺在客廳的地板上，以一秒為間隔，不斷重複握緊、放鬆拳頭的動作。他的視線固定在天花板上的紋路，專注計算時間。當他覺得差不多過了十分鐘時便抬頭確認，卻意外發現才過了六分鐘。當他覺得差不多過了十五分鐘時，實際上才過了九分鐘。住在坐西朝東的公寓裡，一天總是比別人更早開始，面對漫長的上午，民龍完全不知如何是好。一般來說，無業遊民就該要睡到日正當中，只是這艘睡眠的小船是間沒裝窗簾的東向公寓，光線越來越強，讓他難以入睡。他不是什麼都沒做，他有確認時間、有瞪著天花板看，然後再確認時間，甚至還有做拳頭運動促進血液循環。與此同時，他也在思考一件事：今天是失業認證日，他得去求職中心一趟，但他也在煩惱「今天到底能不能別去求職中心」。他今天要去的不是以前住在鷺梁津常去的冠岳求職中心，而是瑞草求職中心。冠岳就已經讓他難以招架了，瑞草不知道會怎樣呢？如果能拖延這件事，那他真想一直拖下去。

記得剛申請失業補助，必須去上課時，民龍被擠滿課堂的人給嚇暈。教室裡一個空位也沒有，沒想到失業的人竟然這麼多。肯定是因為這樣，自己才一直找不到工作。一想到不是只有自己一個人面臨這種處境，民龍不禁有些欣慰，但這份欣慰感也令他莫名苦澀。他好不容易找到一個角落坐下，但只坐了一半，沒坐滿整張椅子。他環顧整間教室，好幾次跟不同的人視線交會。每次視線交會，雙方都會無比尷尬地趕緊將眼睛別開。民龍覺得包括自己在內，教室裡的所有人都像極了殭屍。他將屁股往後推坐滿整張椅子，背向後一靠，努力避免再跟任何人視線交會。

所謂的失業認證，並不是要證明自己仍在失業狀態，而是要證明自己有努力求職，卻依然找不到工作。失業者必須提出文件，證明自己曾應徵哪些工作，或是應徵卻落選（就是落選才會是失業者！）的事實。若要提出這些證明，就必須上求職網站，把曾經寄送履歷的信件截圖或列印下來，提交給求職中心。這看似簡單，其實不容易。一開始民龍還想，就領個失業補助好好玩一陣子，於是去應徵了那些「高不可攀」的公司，想當然耳，他沒有收到任何回音。一個月、兩個月過去，失業的狀態維持久了，民龍開始只能去應徵一些小公司，偏偏就連這些地方也都毫不猶豫地將他淘汰。這種情況就像土石流，崩塌的土石只會越流越低，不會停在高處。他應徵的職缺越來越差，公司的拒絕也越來越果斷。不知不覺間，能領失業補助的日子也沒剩多少，民龍越來越焦慮。事情會順利解決的可能性與帳戶餘額息息相關，兩者的水位都正逐漸降低。

民龍把雙眼的焦點從天花板的花紋上移開，開始四處亂看。視線所及之處都沾滿了長長的貓毛，一根、二根、三根，沒有風的客廳裡，貓毛恣意飄散。民龍先是數了數，最後鎖定一根逐漸落下的貓毛，在貓毛墜地時，他的視線也跟著碰到了地板。站著俯視地板時毫不顯眼的灰塵與毛屑，從躺臥的角度去看，卻變得非常巨大。

民龍用手掌掃過客廳地板，畫了一個半圓，手掌上沾滿了灰塵與毛屑。他像是拍動翅膀那樣，雙手緊貼地板畫著半圓，身體也同時在地板上移動。民龍的身體成了一塊巨大的抹布，擦拭著地板上的灰塵。他的頭、背、手臂、臀部就像巨大的磁鐵，灰塵與毛屑則像被磁鐵吸引的鐵粉，緊緊黏著他。他翻了個身，像條毛毛蟲那樣蠕動身體。這一次，灰塵與毛屑吸附在他的下巴、腹部與膝蓋上。

如果是在狹窄的考試院房間裡，他肯定無法這麼做。這客廳雖無法說寬敞，竟還是能讓他滾上三、四圈都還沒撞到牆壁。民龍一邊思考這客廳究竟能讓他滾幾圈，一邊爬到直線距離最長的角落去。他讓身體緊貼著牆壁躺下，並開始往另一頭滾了過去。一圈、兩圈、三圈……每滾一圈，他就與歐元對看一次。每滾一圈，歐元就喵地叫一聲。就是這樣，歐元！民龍伸長了手，想把歐元吸引過來。他現在必須養活歐元，就算自己只能吃泡麵度日，還是得有飼料給歐元吃。要讓歐元吃點心，還得買貓砂，再買一個不輸一般飼主的貓跳臺。

民龍倏地起身，稍早的煩惱瞬間化作連貓毛都不如的塵埃。

「走吧！該去領失業補助啦！我得更努力求職，然後就會真的找到工作！我會負責養你的！」

民龍把歐元高舉過頭轉了幾圈，然後搖搖晃晃地跌坐下來。他眼前一片黑，因為剛才躺太久了，有點貧血。

祖克今天實在很不順。沒能及時把撞球拿去給剛上門的客人，開檯費也算得七零八落，不得不請客人讓他重新再刷一次卡。本想去喝杯咖啡醒醒腦，卻失手把咖啡粉倒進垃圾桶。最後在端著放有空即溶咖啡包裝的杯子去裝熱水時，祖克才終於回過神來。讓他回神的是三號撞球檯的男客人。祖克清楚記得他，是祖克剛成為D的時候擔任RD的男人。

對方沒認出他嗎？怎麼可能？

Ｄ是經銷商的簡稱，ＲＤ則是紅色經銷商的簡稱。那個地方總有一些亂七八糟的英文簡稱，因為這樣看起來才更像一間有模有樣的新創公司。在那樣的公司裡，連「把握狀況」都可以簡稱為「把況」，英文縮寫成「ＰＫ」。這個當時擔任ＲＤ的傢伙，負責管理包括祖克在內的所有Ｄ（說好聽是管理，其實是監視）。ＲＤ與Ｄ之間還有三個職級，雖說有職級之分，做的事卻沒什麼區別，只是用來大概推測出這個人何時加入組織而已。胸口別有徽章的ＲＤ，會與剛被拉攏的Ｄ共苦。不是同甘共苦，是只有一起吃苦。畢竟那個地方，根本不可能有什麼好事發生。

他不可能沒認出祖克。祖克清楚記得自己在客運站與國中同學小俊碰面時，這傢伙就一直黏在小俊身旁。

「真的很不好意思，我在電話裡跟你講的那間公司已經找到人了，真是很不巧。」小俊用愧疚到無地自容，想立刻一頭撞死的神情告訴祖克這個壞消息。

雖然不知道是什麼很不巧，但祖克還是心懷感激地點了點頭。那傢伙一身乾淨俐落的西裝，他身邊的人也是一樣的穿著。天氣熱得要死，居然還穿得住黑色西裝？不是說現在沒有服儀規定的公司越來越多了嗎？不對，我又怎會知道現在上班族是過怎樣的生活？身邊又沒有什麼上班族朋友。祖克一邊想，一邊仔細聽小俊繼續說下去。

小俊是他國中時短暫往來的朋友。雖然沒有很要好，但那個小鎮不大，大家都玩在一起，交情都還算過得去。恰好那也是個只要短暫跟誰有頻繁的互動，就能成為朋友的時期。畢竟國中可不像高中那樣，同學之間還沒有正式視彼此為考大學的競爭對手，而且鄉下地方的競爭本就不如都市那麼激烈，所以祖克跟高中同學的關係也不算太差。總之，他們頂多就是會在鎮上的網咖一起玩遊戲、三三五成群地在小小的鎮上玩樂。夏天會到溪水清淺的溪谷游泳，再一起分享杯麵，祭祭戲水後飢餓的五臟廟，這樣的交情應該算很熟了吧？祖克秉持著這樣的想法，欣然接起小俊打來的電話，並與他約時間碰面。真要說起來，這可是兩人國中畢業後的第一次重逢。

「喔，是喔……那也沒辦法啦。總之，謝啦。」

不知為何他會想介紹一個大學休學的人到公司上班，還不是兼職而是正職。

「所以我說啊，既然都特地把你找來首爾了，可不能就這樣讓你離開。」

小俊說話的腔調跟口氣，已經變得跟首爾人一模一樣了。

「我幫你找了別的工作。那邊的前輩聽說了你的事，特別去幫忙弄了個職位。」

小俊不停在祖克耳邊說這種機會很少見，你運氣真是好到爆。小俊以前話有這麼多嗎？祖克有些驚訝。但仔細想想，五年過去，自己應該也多少有些改變吧？於是他決定不繼續深究這件事。

至於小俊口中的那個什麼前輩，現在人正在三號撞球檯，剛好打出了一個曲球。祖克正在思考該如何是好，是不是該衝上去揍那傢伙一拳？總之，小俊找祖克加入的是一間傳銷公司，祖克在裡頭撐了兩個月便主動離開了。雖沒有像外頭謠傳的那樣被監禁或毆打，但只要一想起當時，祖克還是會氣得咬牙。

由於公司堅持「早起的鳥兒有蟲吃」，所以他們每天早上六點就得起床，一整天接受公司灌輸的牽強歪理。課程在公司的訓練場進行，因為大家一起住宿舍，所以只能在固定時間休息。最重要的是，現場根本沒有地方給他們休息。宿舍是一間只有三房的老舊公寓，必須容納男女總計二十人的學員，實在是無處可「休息」。學員大多是二十多歲的年輕男女，這樣擠在一個小空間裡，沒出任何意外就已經是萬幸了。只有親身經歷過的人才知道，在那樣的氣氛、那樣的環境下，人幾乎沒有餘力思考。雖然這一方面是因為沒有足夠的空間與時間給人思考，另一方面也是人必須要吃飽喝足，才會有力氣想去闖禍。

宿舍只提供海苔湯，每個人能分到的白飯只有四分之一碗。所謂的海苔湯，是真的只加了海苔、把海苔泡在水裡做成的湯。這種讓人懷疑究竟能不能稱作湯的液體，實在難以下嚥。午餐時間到了小吃店，祖克的願望就只有能「一人吃一條飯捲」。大家會用自己偷藏起來的錢點一碗刀削麵、兩條飯捲，然後五個人一起分著吃。等到後來有「預備兵」加入，他們便會到便利商店買袋裝泡麵。由於一般袋裝泡麵的價格比杯麵便宜，所以他們會湊錢買一包，直接把熱水倒進袋子裡泡來吃，儼然是在戰地裡克難地吃著軍糧。

而且，早起的鳥兒根本就不會有蟲吃，只會比較早累倒。從清晨到深夜，祖克總是累得直打哈欠，但他還是得在五點前起床。如果想好好洗個澡、上大小號，就只能比別人早起。由於他們要二十個人共用一間廁所，如果六點才起來，幾乎連洗臉都是問題。兩、三個人同時擠在洗手檯邊刷牙、洗臉的光景，在那宿舍裡可是一點都不稀奇。

祖克從沒跟別人說過這件事，他覺得別人會以為他在誇大其辭。即便對方真的相信自己的經歷，祖克也擔心這樣的過去會使自己失去別人的信任。不，他之所以不說，其實是因為覺得丟臉。

此刻，那個混蛋正跟他的朋友開著無聊的玩笑，肆無忌憚地張嘴大笑，祖克幾乎都能從那張嘴裡看見他的咽喉。當他仰天大笑時，整個撞球場都嗡嗡作響。那傢伙的肱二頭肌看起來非常結實，壯碩的胸膛也滿是肌肉。記得當時他還瘦得像根竹竿，臉色蒼白又憔悴，只有一雙眼睛像蛇一樣明亮狡詐。祖克待在公司時，兩個月瘦了七公斤。而那傢伙待了將近一年，瘦了至少有十五公斤那麼多。在那個地方，大家的體重都直線下降。畢竟正是新陳代謝旺盛的時期，每餐卻只能吃幾口飯配海苔湯，不瘦才奇怪。如果想減肥，千萬別花錢去什麼節食班，只要加入傳銷公司就好。

祖克一直盯著那傢伙。要上去跟他打嗎？就算真的想打一架，看見那傢伙的滿身肌肉，祖克也不得不猶豫再三。而且他們有三個人，祖克只有一個。如果兩人對上了眼，至少還能推測出對方有沒有認出自己，可是這傢伙看也不看祖克一眼。祖克一直瞪著他，卻看不出他究竟是有意迴避視線，還是真的沒注意到祖克。

離開公司後，他只見過小俊一次，就一次。小俊很老實地接了祖克的電話，並乖乖出現在約定的地點。兩人一見面，祖克就要小俊先讓他揍一拳。小俊沒多說什麼，只是乖乖挨打。祖克沒打得很兇，只朝下巴揮了一拳，發現小俊連閃也沒閃，便不忍心再打下去。原本約在公園見面是打定主意要狠狠揍小俊一頓，沒想到最後卻是兩人一起坐在公園長椅上痛哭。

他們都一樣，只是兩個既沒能力也沒錢的平凡青年，因緣際會之下牽扯在一起罷了，實在很難說究竟是誰的錯，只是感到悲哀。祖克之所以抓不到任何下線，是因為國中同學和鎮上的朋友都已經被小俊拉過一輪。從結果來看，這或許是不幸中的大幸。否則下一個下巴挨一拳，並跟對方一起抱頭痛哭的人就是祖克了。那天，兩人掏出身上所有的錢一起去吃了一碗麵、喝了點燒酒。喝完燒酒後，還跑到漢江邊大罵：「人人傳銷去死！宇宙航行一群混帳！可惡的王八蛋ＲＤ！」

王八蛋，祖克瞪著那傢伙喃喃自語。那傢伙只要打中一顆球就會放聲大笑。祖克離開那間公司後，不，應該是說進入那間公司後，就從來不曾這樣笑過。一直以來，他要不是硬逼自己笑，就是笑到一半露出扭曲的神情。這些混帳東西。

祖克記得每當自己打電話給奶奶，那傢伙總會跟在旁邊打轉。他總是到宿舍外一邊散步一邊打電話給奶奶，但每次都因為那傢伙而無法放心說話。他知道這是監視。而他之所以忍受，是因為也沒有其他方法。跟獨居的奶奶通話很令人難受，奶奶總想多說一些，可祖克總想快點掛上電話。祖克只覺得肩上的擔子越來越重，連帶自信也逐漸下滑。祖克總是忐忑不安，也擔憂這樣的心情會透過電話傳染給奶奶。那傢伙似乎很明白祖克的心情，總會露出略帶嘲笑的表情。祖克覺得自己很悲慘，一腳踏入這個深淵之後，他過著像豬一樣被圈養的合宿生活，現實卻令他無法輕易脫離組織，這讓他感到深深被羞辱。在這樣的恥辱之中，那傢伙卻只因為比祖克更早一點加入，就擺出一副了不起的模樣，那副嘴臉實在令人作嘔。

記得要開始合宿的那個週末，祖克去東大門市場買西裝，那套西裝還是那傢伙替他挑的。合宿期間，衣服不屬於個人財產，因此為了保有這套衣服，祖克只能天天穿著西裝睡覺。他把西裝褲穿在身上，把外套當成棉被。合宿的規則是觸手可及的衣服都能拿來穿，就連女生也一樣。這種生活過久了，會讓人覺得外頭的世界有如遙遠的銀河系。祖克每天都要面對彷彿無法擺脫這種環境的絕望，以及明知是假的卻仍難以放手的希望，並在兩者之間不斷拉鋸。清晨的地鐵，只要有數十個穿著西裝的人成群結隊上車，人們就能一眼認出他們的身分。人們的目光總是有些尷尬，神情中參雜了不明白這些人為何要從事這種工作的嫌惡。雖然在訓練時，他們每天都高喊著要提高自尊，而每天這樣被洗腦下來，或多或少還是有一些作用。只是無論如何做足準備，面對人們的嫌惡神情，自尊都會瞬間掃地。有時候那傢伙會穿祖克的衣服，祖克也會穿那傢伙的衣服。在偶爾連內衣都是伸手一抓就往身上套的情況下，實在沒人敢保證自己真的沒穿過別人的衣服。

衣服交換著穿就算了，但項鍊就是另一回事了。

那是合宿約一個月後發生的事。祖克突然發現自己脖子空蕩蕩的，一直掛在脖子上的項鍊不見了。他不記得自己曾把項鍊拿下來過，甚至想不起來可能是什麼時候、在哪裡弄掉的。項鍊沒有細到會輕易斷掉，那是他離家時奶奶給他的，雖然不是新的，卻是真品。當時祖克問奶奶那是誰的東西，奶奶竟支吾其詞答不出來。看項鍊的造型很難區分究竟是男用還是女用。祖克翻遍宿舍的每一條棉被，還是找不到項鍊。會是在包包裡嗎？在哪個包包呢？二十個人的包包也不可能全翻一遍，而且他根本連一個包包都不能動，畢竟自己的貴重物品消失，並不代表有權力去翻別人的包包，至少從祖克的標準來看是如此。

一個半月後，在祖克即將離開公司之際，他終於找到了那條項鍊。準確來說，是多虧那條項鍊，他才得以擺脫這個泥淖。就在那混蛋站在便利商店櫃檯，準備掏錢買泡麵時，項鍊被他的手一起拉了出來。祖克看見那條掉在地上的項鍊，那傢伙則回頭看向祖克。他冷靜地看了看祖克，就不慌不忙地撿起項鍊塞回口袋裡。

「欸，那個……」

就在祖克猶豫著要怎麼開口時，那混蛋竟微微揚起嘴角，雙眼露出不屑，似乎是在反問祖克：你想怎樣？你有證據證明那是你的嗎？祖克不知該怎麼辦才好，只好付了泡麵錢，一言不發地坐在桌邊吃起泡麵來。那傢伙坐在祖克斜對面，一跟祖克對上眼便會露出不屑的笑。祖克覺得自己體內某個早已緊繃到極限的東西瞬間斷裂。他靜靜起身，一把將吃到一半的袋裝泡麵用力摔進垃圾桶。沒跟任何人說，直接離開了訓練場。宿舍沒有什麼可稱為行李的東西，丟在那也一點都不可惜。後來那個混蛋一直打電話、傳訊息，但祖克封鎖了他跟小俊的號碼。令他意外的是，這竟沒有想像中那麼困難。如果那條項鍊是他父母的東西，如果那是奶奶給他類似護身符的東西，那麼失去那條項鍊，表示他已仁至義盡了。

打完一局，那混蛋往廁所走去，祖克等了一下才跟上去。他先深呼吸，然後朝上完廁所走出來的混蛋揮拳。沒想到他輕易避開祖克的拳頭，又不屑地笑出來。

「你要感謝我。」

祖克喘著氣，重新擺出攻擊姿勢，那傢伙只是咂了咂舌，不打算回應祖克的攻勢。

「多虧了我，你才能盡早脫離那個地方啊。幹，我就是待太久了，都不知道該逃去哪。」

混蛋用力將祖克往牆上一推，他的胸肌結實得像鐵塊，祖克怎麼也推不動。

「你那個東西啊，是假的。」

混蛋吐出的氣息噴在祖克臉上，讓祖克忍不住將頭往旁邊別開。他想逃離混蛋的壓制，卻沒有足夠的力量與對方抗衡。

「記住，我不認識你。我們就在這裡把過去的事忘了吧，這樣才能繼續過自己的生活，聽懂了沒？」

混蛋用手指戳著祖克的腦袋，用低沉且充滿恐嚇意味的聲音說完，朝地板吐了口口水。

看著眼前的五花肉與燒酒，然厚吞了吞口水。

「我們不能先吃一點嗎？」

「不可以，我們的老么正忙著賺錢呢。」

「哇，你這種時候真的很像大哥耶。」

聽完民龍的話，然厚決定不再耍賴，果斷放棄了先開動的念頭，往後倒在地板上。

這樣的然厚就像聽話的親弟弟，讓民龍十分滿意。然厚躺在客廳地板上逗弄歐元，他用線把塑膠袋綁在撿來的釣魚竿上，像在釣魚一樣甩動。興奮的歐元為了抓住塑膠袋而跳來跳去，然厚則看著歐元笑個不停。

「哥，可能就是因為這樣，大家才喜歡養貓吧？哇，牠動作好敏捷喔。你不覺得如果我跟你一起養，負擔應該會小一點嗎？」

「喂，這……」

民龍不知該說些什麼，只是笑了笑。見歐元似乎玩膩了，已經爬到沙發椅被上趴著，然厚才放下手上的釣魚竿。

「時間還沒到嗎？」

「還有十七分鐘。」

然厚爬起來，拿著生菜跟紫蘇葉去洗。

「但今天為什麼要吃這麼好？」

「偶爾也要享受一下嘛，今天我請客。」

「你有錢進來啦？」不知是因為水聲太吵，還是情緒有些亢奮，然厚不自覺提高音量。

「應該有進來吧，我今天去了一趟求職中心。」

然厚將洗好的蔬菜裝在盤子裡，放到桌上後打開瓦斯爐的火。就在五花肉翻了一次面，表面烤到金黃焦脆時，祖克終於進門。

「你回來啦？」

聽見民龍的問候，祖克勉強露出微笑回應，便逕自往浴室走去。民龍用下巴比了比緊閉的浴室門，看向然厚。然厚歪著頭，聳聳肩表示他也不知道怎麼了。

只要在回收場看到盤子，他們就會撿一、兩個回家，所以雖然家裡的盤子都沒辦法湊成套，但造型與設計都頗高級。桌子是習作出版社的贈品，杯子則是康寧馬克杯。這些無法配成套的組合，加上燒酒跟五花肉，實在令人眼花撩亂。

洗漱完畢後，祖克神清氣爽地坐到桌前，這才終於是一場像樣的入住派對。三人舉起杯子互碰，民龍開口：

「我們好好相處吧。」

祖克笑著點頭，一口氣乾了杯裡的酒。民龍跟然厚也隨即乾杯。

「話說……」然厚邊替民龍倒酒邊說：「哥，你最近每天晚上是不是都跑去跟別人喝酒啊？」

民龍笑而不答。

「是女人喔？」

然厚瞇起眼盯著民龍，祖克則是嚇得瞪大了眼。民龍連上YouTube不知搜尋了什麼，接著便播起音樂。充滿爆發力的嘶吼瞬間劃破客廳的寂靜，祖克接過民龍的手機看著螢幕上的影片。

「哇，哥，你都聽這種喔？好像老人喔。」

「你們不是問我跟誰喝酒？我就是跟這個人喝啊，他是老人沒錯。」

「他是歌手喔？」祖克感到十分新奇，趕忙追問。

「嗯，我正要說他是誰。」

然厚拿起自己的杯子跟祖克的杯子碰了一下，祖克則一手扶著自己的肚子，以恭敬的姿勢與然厚乾杯。

「他是誰喔……」

「祖克！你遇到什麼事了嗎？」

然厚毫不留情地打斷民龍的話，民龍則有些洩氣地關掉音樂。祖克看了看民龍的臉色，但民龍沒多說什麼，只是夾起一塊肉放到祖克面前。祖克支吾其詞，沒有立刻回應然厚的問句，一口喝完自己杯中的燒酒，並把盤子裡的肉夾起來塞進嘴裡。

「你多久沒吃肉啦？」

聽民龍這麼一問，祖克搔了搔頭。

「哥，這只是豬肉耶，不要講得好像有多厲害啦。」然厚趕緊開了個玩笑緩和氣氛。

「牛肉還是不行啦。」

「哪有什麼行不行的，我們真的要承認啦，這跟行不行無關，是我們根本吃不起牛肉。」

「所以我說啊，你這傢伙還差得遠咧。沒人會無緣無故請別人吃牛肉啦，如果是真的單純要請客，那請吃豬肉最剛好。」

「欸，哪有這麼誇張？好啦，我知道了！那我這就來好好享用你請的豬肉囉！」然厚大聲向民龍道謝，並一口氣夾走了三塊肉。

「那個……我說啊……」祖克吞下口中的肉，才終於緩緩開口。「我覺得大哥說得沒錯。除了我放假回家時，奶奶烤過牛肉給我吃，其他時候我就沒吃過牛肉了。」

「一次也沒有嗎？」

聽然厚這麼一問，祖克認真地想了想，接著才點點頭。

民龍拿起酒瓶往祖克的杯子裡倒酒，說：「那你多吃點吧。」

就在這時，然厚突然用力拍了一下手，像是發現什麼了不起的事情一樣，得意洋洋地開口說道：

「我說啊，哥，家人之間會互相請吃牛肉啊。我們現在算什麼？住在同一個屋簷下，那就是家人了嘛，對吧？」

民龍舉起手來制止然厚繼續說下去。

「但牛肉還是不行，有豬肉吃你就要滿足了。」

「那個……」就在這時，祖克正經八百地開口，彷彿這段話他已經醞釀了很久。「我們也差不多該來訂一下規則了。」

然厚看了民龍一眼，臉上寫著「該來的還是來了」。

「那就來訂吧。」民龍爽快回應。

「那我們先來決定房間吧，我覺得每天這樣隨便找地方睡也不是辦法。」

民龍與然厚陷入短暫的沉默。

「我睡哪個房間都沒關係。」祖克看了看兩人的臉色，才小心翼翼但明確地表達自己的意思。

「等等。」

然厚拿出線圈筆記本，撕下其中一張內頁。他背對兩人坐下，不知在紙上寫了什麼，接著轉過身來遞出三張紙條說：主臥室睡兩人，小房間睡一人。民龍與祖克各抽了一張。

民龍將摺起來的紙條打開，盯著紙條看了好一會兒，才宣布他要跟歐元一起睡在客廳。聽完民龍的話，然厚便迅速抽走民龍與祖克手裡的紙條，並一口氣將紙條揉爛。

「祖克，你用主臥室吧，我喜歡小房間。」

祖克露出有些茫然的神情，民龍也感到意外。

「但凡事都該講求先後順序吧？我是最後說要住進來的，用最大的房間不好吧？」

「不然主臥室的衣櫃就借我掛些衣服囉。」

然厚為房間分配做出最後決定。主臥室有一整面牆都是訂製衣櫃，是之前的住戶留下來的，跟新的沒兩樣。因為拆裝也得花一筆錢，加上這公寓沒過多久就要拆掉，這段期間也不可能會有新房客帶著比這更好的衣櫃入住，於是原本的房客便跟房東商量衣櫃該如何處理。討論的結果是，如果下一位房客要求拆掉，那房東就會把衣櫃拆掉，可是如果房客想用這個衣櫃，那衣櫃的後續處理就交由房客負責。不過以後的事嘛，誰也說不準，於是三人搬進來時，便決定現成的東西先用再說。反正在這個社區裡，好端端的東西直接拿去丟掉或留著不帶走，似乎一點也不奇怪。主臥室的這個衣櫃真的很大，就算他們一人用一格，都還會剩下一格的空間。

「既然房間決定好了，那我們就來乾杯吧。每決定好一件事情，我們就喝一杯。」

然厚舉起杯子，另外兩人則碰了一下他的杯子。

「我們不要只分攤房租，生活費也統一分攤會比較好。」喝完這一杯，祖克立即開口提議。

「那一個月要交多少？」然厚問。

「之前也都是你們買東西回來，我只負責吃，沒有出錢。這種模式持續下去，團體生活很快會出現問題。」

「但你都只在家吃早餐啊，又沒吃多少，這要怎麼均分？」民龍露出老爺爺般慈祥的微笑。

「所以我的意思是說，我們不要每個人付一樣多的錢。」

「難道要依照吃飯的次數來算嗎？」然厚的語氣透露出一絲不敢置信。

「不行嗎？」

「那公寓管理費呢？你用主臥室，房間比較大，那你要多付一點嗎？」

然厚的語氣有點衝，民龍趕緊用眼神制止他。

「那我就用小房間吧。」

「傻眼！你認真的嗎？」然厚吃驚地向後退開，忍不住大聲了起來。

民龍見狀，趕緊為兩人倒酒，試圖轉移大家的注意力。

「祖克說得沒錯，管理費大家均分，餐費祖克付一半就好。我大多時間都在家，那我就多付一點。」

「那我付六分之一，然厚哥付六分之二，民龍哥付六分之三，這樣對嗎？」

然厚不敢置信地看著祖克。屋內氣氛劍拔弩張，彷彿一不小心就會大打出手。

「那我們現在又決定好一條規定了，來乾杯吧。」

民龍提議乾杯，然厚只好嘟著嘴舉杯。

「團體生活，總是要有個精打細算的傢伙嘛。」民龍緩頰。

祖克有些不好意思地與兩人碰杯，仰頭一口氣把酒喝光。

「話說回來，你退伍都多久了，講話語氣怎麼還像個軍人一樣硬梆梆的？我們都當過兵啊，也沒像你這樣。」

祖克的堅持似乎讓然厚很不順眼，忍不住挑起祖克的毛病。

「我覺得話就是要講清楚，不要講得太曖昧，比較不容易被瞧不起，也才能讓別人知道，他們以為好欺負的傢伙其實是個狠角色。我有表現得很明顯嗎？」

祖克似乎有些激動，臉上微微泛起紅暈，說話的同時臉頰與眼眶都變得有些濕潤。然厚老大不高興地板著一張臉，民龍則聽懂了祖克的意思。沒錯，他不想讓人瞧不起的意圖真的非常明顯。雖然他們同住在一個屋簷下，一起烤五花肉吃，但祖克跟然厚就是截然不同的兩種人。他們的不一樣，不是衣服或鞋子的問題，而是在表情、語氣跟肢體動作上有著微妙的差異。為了籌措大學的註冊費與生活費，祖克每天必須工作十幾個小時。然厚則不需要擔心錢，可以悠閒地上補習班準備公職。要是他們兩個看起來沒有任何不同，那才奇怪。

「這個嘛……」

民龍嘀咕了一聲，沒有明確說出他的想法。他不能否認，自己也是屬於祖克那一邊的人，他實在無法說祖克表現得不明顯。啪的一聲，然厚默默放下已經空了的酒杯，民龍也在這時候朝歐元撲了過去。

「吐出來！不行！」

歐元不知何時來到然厚身後，嘴裡還咬著一團紙。在民龍好不容易抓住歐元，狠狠訓斥過再用零食安撫牠時，然厚已經自顧自地喝起酒來。

「這怎麼回事？三張都寫著主臥室耶。」祖克把歐元吐出來的紙球攤開來看後，開口問道。

然厚想獨占小房間是難免，但要小聰明卻被當場抓包，那可就尷尬了。竟然當場穿幫，歐元真是隻壞貓。

妻子堅決地說，堅持自己沒有錯就是一個錯誤。但不管怎麼想，他都覺得自己的錯就是沒有夢想、沒有希望，像一臺機器一樣日以繼夜地工作。如果說這是他犯的錯，那就當成這真的是個錯誤吧。可是仔細想想，這又不算是對不起妻子，應該是對不起自己吧？全力向前奔跑，現在停下來回頭一看，才發現根本找不到賽道。終點到底在哪？該怎麼前進終點？伊恩感覺自己像獨自站在偌大的運動場中央一樣茫然。

現在已經沒有人會問伊恩長大以後要做什麼了。雖然一個正常人肯定不會問這種問題，但還是讓他非常遺憾。畢竟每個人小時候應該都被問過以後想做什麼，偏偏只有伊恩從沒被問過，這或許是因為他從未接觸過任何人也說不定。在伊恩的想像中，所謂的「任何人」，指的是在一間像樣的餐廳或酒館遇見的人。如果說標準一定要是一個「像樣」的地方，那個兀商會的老闆，或那個把忍者當成未來志向的傢伙，就不能算是「任何人」。

伊恩經常想起那傢伙。居然想當忍者？這個志向也太不合理，但又很有趣。尤其那傢伙朝水杉樹衝過去，最後跌了個四腳朝天的模樣，每次想起來都讓伊恩忍不住爆笑。雖然爆笑過後，他總是會立即陷入憂鬱。

想請那傢伙殺掉十年前的自己，並不是在開玩笑。伊恩是個有二十五年資歷的上班族，來到首爾也已經二十五年了。結婚二十二年，住在這個社區十五年，當時的那個人，完全沒有餘力去認真想像十年後的自己是什麼樣子。在那個有如振子般，每天只在公司與住家之間往返的時期，伊恩想讓自己相信自己不是消耗品，而是永遠不會磨損的耐用零件。只是他沒想到，在那之後沒多久，竟然會發生這麼荒唐的事。

「我們來蓋房子吧。」妻子冷不防地冒出這句話，好像是在問伊恩要不要點披薩一樣輕鬆。

「蓋什麼房子？」

「我們的房子啊。」

「好端端的公寓不住，幹麼要蓋房子？妳以為蓋房子很簡單啊？」

「公寓大樓住得好膩喔。」

「拜託，外面很多人想住公寓大樓整天在吵耶。妳還覺得膩？是我讓妳舒舒服服地坐在家裡，覺得太無聊了是吧？」

「我真的好厭倦這個社區，膩得要死。這裡大家都互相認識，明明已經認識了，卻還想認識得更深入，想要一直比較。」妻子吐露自己的心聲，語氣略帶怒火。她停下來嘆了口氣，接著說：「現在就是最好的時機。」

說到最好的時機這幾個字時，她還特地放慢語速，一個字一個字地強調。

「什麼最好的時機？」

「為老年生活做準備啊，其實現在還算太晚了呢。」

伊恩實在聽不懂妻子的意思。他已經五十出頭了，不是能夠承擔風險的年紀。他一直告訴自己，必須在職場上竭盡所能地撐到退休。一有機會就要拿存下來的薪水去買間商務公寓，省吃儉用過生活，直到領退休金的日子到來。現在孩子們都大了，只要再撐幾年就好，他就是為了這個目標撐到現在，現在妻子居然還要他去冒險？

「不要。」

妻子一言不發地瞪著伊恩。

「妳沒聽說有人蓋房子蓋出憂鬱症嗎？還有人光是裝潢公寓就生病了咧。」

「只要把情緒發洩出來就不會生病啊。」妻子的語氣冰冷且堅決。

伊恩很想反問妻子，如果她要發洩情緒，那自己是不是就該承受情緒。但他很清楚這段對話已經結束，於是他選擇閉上嘴。

「我會自己看著辦。」

這是妻子單方面的通知。妻子開口時，伊恩還以為這是有討論空間的事，可是妻子根本不這麼想。她的提議其實不壞。她要伊恩去貸款來蓋房子，一樓蓋成店面出租，二、三樓規劃成有兩間房間的居住空間，同樣可以租出去。地下室則可以出租當倉庫，四樓就當成兩人的居住空間。妻子強調，這麼做不需要把公寓賣掉。雖然會有一點融資成本，但反正公寓跟住商混合大樓的價格都是漲了就不會再跌，根本不需要擔心無法回本。才聽不到十分鐘，伊恩就立刻點頭答應。既然妻子說會看著辦，那伊恩要做的就只有心平氣和地表示同意。妻子說地點可以選在北邊的西五陵，那是她小時候長大的地方，不過她之所以選擇那裡，主要還是因為那裡的土地價格跟市中心相比便宜很多。

「那裡太遠了……」

伊恩抗議，因為他的公司位在首爾南邊的京畿道。

「如果不往江北找，我們就得把公寓賣掉籌錢，而且就算賣了公寓可能還是買不起。」

「我公司附近不會很貴啊……」

「我不想當京畿道人啦。」妻子斬釘截鐵地拒絕，接著又說：「而且你公司……」

妻子說到一半便住口，並刻意避開伊恩的視線。伊恩過了好一陣子才明白妻子當時沒說完的話究竟是什麼。

「從星期一起，請你到第三工廠去上班吧。如果不行的話，就請你寫一下吧。」

「是要我寫什麼……」

人資左右擺動椅子，對伊恩露出一副是不是明知故問的神情。伊恩先愣了幾秒，才恍然大悟。他的腦中一片空白，眼前卻一片黑暗。

「我知道了。」

一聽到伊恩回答，人資隨即起身結束這段對話。

「我會替你跟工廠聯絡好。」

那天是星期五下午，伊恩獨自留在會議室裡坐了一會兒。原來是這樣的感覺啊。如果能寫不知道該有多好，如果真能果決地寫辭呈……

伊恩不知已經在部長這個職級停留幾年了，彷彿打從剛進公司就是部長。當部長的歲月感覺無比漫長。前一年、再前一年，他都看著比他晚進公司的後輩領先他這位資深部長升上理事。成為理事的後輩面對他時總會一改以往的態度，相處起來格外彆扭，雙方能分享的話題越來越少，工作上的關係、工作之外的關係都岌岌可危。其實這也沒有很重要，畢竟待在部長這個位置上的時間越長，伊恩做的心理準備就越多。他甚至已經領悟到比起升遷，讓自己能多留在組織裡工作一年才是明智之舉。他非常認同當個萬年部長總好過失業的說法，況且在他的職業生涯中，也從來沒得到合作廠商或來自中國、越南等地的挖角。而他之所以會有這樣的心態，除了考慮到孩子大學畢業前的學費，另一方面也是因為妻子動不動就把要蓋棟住商混合公寓，好因應老年生活的話掛在嘴邊。之前他偶爾會去第三工廠那裡出差，他很清楚，那裡真的是另一個世界。

他就這麼糊里糊塗地從年輕撐到老，咬牙苦撐才是他在漫長職場生涯中習得的專業技能。在一個組織裡最重要的不是其他，正是無論在任何情況下都能平安無事撐過所有考驗的技術。伊恩從事的工作是將新技術套用在既有產品上，但這對他來說不是最重要的。讓自己的身心都能配備領先時代的技術，或許才是他面對這份工作的首要之務。大部分的員工都必須面對這個課題，而這幾乎也是組織用於衡量所有成果的標準。

他展開星期一清晨出發去工廠，星期五回家的生活，日復一日。隨著季節更替，他逐漸改成星期日晚上就出發去工廠，星期五晚上回首爾的次數則少了，取而代之的是往南去一趟遠遊。每個月，宿舍的衣櫃裡都會多一至兩套機能性T恤、登山鞋與素色的登山外套。當他在工廠、住家與南方的某處往來之時，妻子則在漢江以北靠近山邊的某個地方，簽約買下一整棟合適的住商混合公寓。妻子說，經過一番打聽，她發現首爾市區根本沒有能讓他們立足的空間，幾經思量才選定這個位置。而在這過程中伊恩所扮演的角色，就是跟妻子手牽著手去銀行，在貸款文件上蓋章。現在伊恩人生中最重要的問題，成了在目前的振幅之下，自己還能維持多久的簡諧運動[5]。伊恩已經盡己所能地撐到現在，在終於澈底被職場淘汰時，他感覺自己像只被掏空的零食包裝。

幾年後的現在，他這個空包裝四處翻滾，被人踩到扁平。可是啊，這樣一個空包裝袋如果能回收再利用，是不是就還能用來裝些什麼呢？近來，伊恩希望自己能裝點什麼的慾望越來越強烈。說得更準確一點，他並不是真的希望自己能裝「什麼」，而是希望自己「裝點什麼都好」。

他已經維持這個狀態太久了，過去那個在良才站等公司接駁車的傢伙，在離開公司後，澈底成了與過往截然不同的存在。一個三十多年來都委身於同一間公司，一日三餐都在公司內部餐廳解決的人，是否都會在退休之際經歷這樣意外的性質轉變？將員工證交回之後，他便什麼也不是了。退休後的每一天，他都要面對全新的時間朝自己洶湧而來，可他卻無法好好將其梳理。對數十年來如一日，總是揉著惺忪睡眼，無論炎夏或寒冬都堅持等待公司接駁車的他來說，時間流逝的速度好比一顆沒有任何傾斜角度，筆直且等速旋轉的陀螺。

伊恩勉強撐過了上午，太陽逐漸往西邊移動，此刻他正坐在亟兀商會門口，看著民龍

5 週期性運動的一種。

慵懶地朝自己走來。

「你還是想當忍者嗎？」

伊恩這麼一問，民龍難為情地笑了。

「我反而是到了這把年紀才開始想當個什麼了，這讓我很慌張。」

聽伊恩這麼一說，民龍反倒比他更加慌張。

「大哥，你這年紀是還能當什麼啊？很快就要當爺爺了吧？」亟兀商會的老闆嘻笑著說。

「我不是說那個啦，不是當兒子、老公、當父親還是當爺爺。例如說……」

伊恩無法立刻接著說下去。在思考的同時，他額頭上的皺紋更加鮮明，眉間那幾條垂直的皺紋也變得更深。民龍與老闆坐在一旁開啤酒。

「那個紅色的拿一瓶給我。」

伊恩這才終於開口。這個要求令老闆跟民龍都有些訝異，因為伊恩總是只喝豪格登啤酒。喜歡黑啤酒的伊恩，還是第一次主動要燒酒來喝。伊恩先開啤酒喝了兩口，然後才把燒酒倒進啤酒罐裡。

「好久沒有這樣混著喝了，你要不要也混一下？」

民龍接過燒酒瓶，往自己的啤酒罐裡倒了一點，又交到亟兀商會老闆手上，三人就這麼拿著自行混合的燒啤，並肩坐在門口看著前方，小口小口啜飲著。他們之間的沉默越來越長。前方那棟建築物有些窗戶開著、有些窗戶關著，也有一些會在固定時間開啟或關閉的窗戶。

「我說布魯斯啊。」過了一會兒，伊恩率先開口。

民龍立刻回應：「是說布魯斯．威利嗎？《終極警探》那個？」

「那整個系列我都看過了，越後面越不怎樣。不知道是不是因為我老了，看了覺得好難過，看不下去。」商會老闆無力地說。

「總共有幾集啊？三、四集？」

「應該更多吧？你也看過嗎？」

「說到布魯斯．威利的電影，我通常會想到《靈異第六感》。」

「那部片的劇情真的一直反轉，但我覺得他還是演動作片好看。」

「哇，那你看很多他的片囉？」

「他以前在這裡開過錄影帶出租店。」伊恩插嘴。

「那是很久以前的事了啦。」老闆露出有些落寞的神情。

民龍跟老闆聊了許多布魯斯威利的事，像是說他頭髮掉光了變得沒有魅力、年輕時也不怎麼迷人、不懂他怎麼能跟黛咪．摩爾結婚。然後又自顧自地說道：「哎呀，他們離婚了吧？」之類的。

伊恩在旁靜靜聽著，接著緩緩搖頭說：「我是要說布魯斯．史普林斯汀，不是布魯斯・威利。」

兩人不解地看向伊恩，像是在問史普林斯汀是誰。

「布魯斯說過，夢想這種東西應該讓它隨風而逝。可是人還是不能沒有夢想，因為夢想一旦消失，就沒有東西能代替了。」

「大哥，他是誰啊？」

「布魯斯……史普林……斯汀。」

民龍拿出手機來搜尋，伊恩則立刻代替搜尋引擎回答。

「是美國歌手。」

「所以剛才那段話是那個叫史普林的人講的喔？」

「是史普林斯汀啦，布魯斯・史普林斯汀。」伊恩嚴肅地糾正。

「大哥，你都這年紀了，還非得追求什麼夢想嗎？」

從老闆的語氣聽起來，似乎覺得伊恩的想法有些可笑。

「就是活太久了嘛……又沒辦法死掉。」

這幾年來，伊恩一直告訴自己不必非要實現什麼夢想。他一直以為就算什麼也不是、就算沒成就任何事也沒關係，無論今天還是明天，他只要一直這樣過下去，直到永遠。

「我居然會有這一天！我終於也實現夢想了！無論是沐浴在陽光下奔跑，還是在床上躺到腰痛得受不了，都讓我興奮得不得了。」他想像過，這或許是他實現夢想後的反應，只是這樣的想法有如一顆拖著長長尾巴的流星，隨著時間流逝越來越模糊。

「幫我拿一下。」妻子指著家裡那些褪色的花草。

伊恩躺在沙發上，正拿著遙控器做手指運動。

「要幹麼？」伊恩躺著問。

「要丟掉。」

「這東西還好好的啊。」

「已經不好看了。」

「因為這樣就要丟掉？」

「我要再買幾盆好看的回來放。」

「妳也太沒義氣了吧，它們也陪我們好多年了，說丟就丟喔？」

「你是嫌麻煩，不想幫忙才這樣說吧？」

「我不是那個意思，只是覺得妳很無情。」

「無情？對植物要有什麼情？」

「那妳對人就有情嗎？」

話才出口，伊恩就覺得不妙，但已經來不及了，只見妻子戴著塑膠手套的手氣沖沖地叉在腰上。

「那你有嗎？我剛剛那麼辛苦的幫植物換盆，哎哎叫個不停，你都看在眼裡，也還是躺在這不動啊。」

「那是妳的興趣，我為什麼要幫忙？」

「什麼？這難道是為了我一個人好嗎？這是為了讓我們家的環境更好！」

「我不需要這種東西，家只要能吃能睡就好了。」

妻子往伊恩的方向走了一步，擺出要好好跟伊恩吵一架的姿態，伊恩趕緊關上電視，緩緩起身拿起花盆。

「要搬到哪去？」

「不必了，去做你自己的興趣吧。」

伊恩慢吞吞地回到沙發邊。這時，妻子開始自言自語，說什麼老了更要好好管理自己，整天只顧著吃……哎呀，應該在搬家時就丟掉才對。

雖然最後一句話是對那盆已經老了的盆栽說的，問題在於說這句話的時機。才剛剛吵完那一架，伊恩心裡已經很不舒服，妻子也不開心，所以聽起來就像是妻子拐個彎把不敢對伊恩說的話說出口。不知從何時開始，伊恩也培養出這點察言觀色的能力。退休後把原本住的公寓租出去，改搬到漢江北邊時，妻子帶在身邊的是小狗的牽繩與行李箱。就連出去散步，妻子也會帶著小狗一起，而不是邀請伊恩同行。真的是因為那句話嗎？還是因為平靜自在的日常生活，不知不覺間變得令人厭倦且茫然？伊恩至今仍不明白，妻子究竟為何因為那點小事就氣到奪門而出。

「一定要成為什麼嗎？」

伊恩知道民龍的問句其實不完整，他把「都到了這把年紀」幾個字省略掉了。

「所以我說啊，我不太擅長說明……總之，我在同一間公司待了超過三十年，這算什麼？我不知道這算什麼。」伊恩喝了一口酒，接著說：「我覺得那不是我……真正的我究竟在哪？現在才開始想這件事，不覺得很可笑嗎？」

在說到「真正的我」時，伊恩還用拳頭捶了自己的胸口。

「大哥，你醉啦？」老闆的嗓音很溫柔，像在輕哄伊恩。

「醉？我還沒醉啊。要醉嗎？今天就大醉一場吧！有什麼好怕的？不去上班也沒關係，老婆也不會等我。那個，那個鑽石溫泉！什麼時候去都可以！醉一下又怎樣？喝吧！」

伊恩假裝喝醉胡言亂語，實際上清醒得不得了。民龍噗哧笑了出來，又覺得有些不好意思，只好別過頭去。

「大哥，『想成為什麼』這個問題，應該要問他這個年輕人才對吧？」老闆指著民龍說。

「我嗎？」民龍看到伊恩盯著自己，先是有些遲疑，然後才靈光乍現地說：「那個……我想當房東。」

伊恩看起來有些失望，亟兀商會的老闆則點了點頭。

「說得好，房東可是比造物主還偉大呢。」

「當房東也沒什麼好。」

「大哥自己就是房東啊，這樣說似乎也是有點道理。」老闆說道。

「那也要你手上的東西能稱得上是一棟房子，當房東才有用啊。」

意外得知伊恩其實是個包租公，民龍吃驚得嘴巴微張，鼻翼忍不住抖動，眼睛更是瞪到不能再大。

「我換個問題好了，你想做什麼？我忘了是誰說過，夢想不能當名詞，應該當動詞。所以不該問你想成為什麼，而是問你想做什麼。」

老闆不太理解伊恩的意思，民龍則是陷入短暫的思考。

「嗯……我想住在不用繳房租的房子裡，不揹任何債務，還有一輛車可以開。」話才說完，民龍便尷尬地笑了，似乎覺得這個夢想實在太簡單。

「對啊，這樣就好了。」老闆附和道。

伊恩發出低吟聲。若從這點來看，他早就實現夢想了，那為何還會想成為什麼呢？不，他為何還會想去做些什麼呢？伊恩緊皺著眉頭。

「你現在是付月租嗎？最近的房子一個月租金都是多少啊？」老闆問。

「一百萬韓元。」

「哇，我看你好像也沒工作啊。」

「我們三個人住，就在一〇二棟。」

「是朝東的房子啊？在高速公路旁邊吧？」伊恩轉頭看向西邊，望著高速公路的方向。

「咦？你很清楚嘛。」

「他在這住了二十年，這是當然的。」老闆代為回答。

伊恩回想，當時自己的夢想是什麼呢？不，應該說當時自己在做什麼呢？可是他什麼也想不起來，只記得妻子抱怨說孩子們要讀書，要伊恩把電視關掉。

「這樣真的很便宜耶，三個人分的話還算可以。」

老闆說完，民龍便用帶著些許複雜情緒的語氣說：「嗯，是這樣沒錯啦，但還有生活費跟管理費啊。」

「也是。話說回來，你都不用工作嗎？我看你好像一天到晚跑來這裡玩。」

民龍搔了搔頭，這段時間頭髮長長了不少，有些亂糟糟的。

「還可以再多住一個人吧？那裡客廳很寬敞，主臥室也很大。」亟兀商會的老闆語帶可惜地說。

這時，伊恩的嘴角突然抽了一下。

民龍抽著菸，呆望著前方那棟公寓。搬家用雲梯車緩緩上升，本以為是有人要搬家，後來才發現不是。那間屋子前幾天開始就一直傳出吵雜的聲響，還清出不少拆除內裝後產生的垃圾。雲梯車送上去的是施工用的建材，有還沒組裝的水槽、浴缸、馬桶跟洗臉臺。這家人要不是瘋了，就是嫌錢太多。這公寓很快要拆了，他們居然還要裝修？民龍覺得這已經超出一般常識的範圍了。難道是因為他這輩子只住過老家跟考試院，所以用他的常識無法理解江南的公寓生態嗎？但也不一定要住過才會知道吧？這種做法任誰看都很怪。

遠方的天空有烏雲正在聚集。下過短暫的梅雨後，天天都熱得不得了。頂樓的視野雖然好，但太陽照在屋頂的熱氣會毫不留情地傳導進屋內。下午的陽光透過西邊的窗戶照入屋內，固執地爬過每一個角落。即使到了傍晚陽光逐漸退去，屋內熱燙的空氣仍不輕易散逸。必須等到拂曉之際，屋內才終於較為涼爽，但稍後太陽一升起，便又立刻熱了起來。值得感激的是，前一位房客留下了客廳的窗型冷氣沒有拆除，只是民龍自己一個人在家時，通常不會開冷氣。他這樣一個前途茫茫的無業遊民，就連開冷氣都需要勇氣的加持。哎呀，開個冷氣有什麼了不起？電費雖然嚇人，但他也覺得自己有足夠的價值享受冷氣。可是只要一開冷氣，他便會覺得身上某處不太對勁。他心想，所謂身上的某處會不會不是指肉體，而是指良心？不過即使這樣調整心態，他也只是短暫放棄開冷氣的念頭。沒過多久，他便會重新陷入想開冷氣、電費很嚇人、自己有足夠的價值享受冷氣，然後再一次下定決心不開冷氣的迴圈裡。一而再、再而三，無限循環。

外頭開始下起傾盆大雨。民龍關上主臥室與陽臺的窗戶，室內空氣很快變得悶熱。

熱氣被關在屋內散不去，再加上下雨讓空氣濕度變高，民龍感覺渾身黏膩無比。他猶豫了大約三十分鐘，才決定打開冷氣附加的除濕功能，可是只靠除濕無法降溫。冷氣誘惑著民龍，要選除濕還是選冷氣？開一下下就好，只要一下下讓空氣變涼，就會舒服很多。民龍躺在沙發上，享受著冷氣吹出來的冷風。沙發是前陣子祖克在某處發現，一個人辛辛苦苦搬回來的。雖然中間的皮革有些破損，但還堪用。繼冰箱、沙發之後，祖克還撿了一臺電視回來。至今他撿回來的東西當中，沒有一樣是壞的。撿那些貼著回收標籤的廢棄品，居然還能有這種成績，已經很令人滿意了。如果是在貼上回收貼紙前把東西撿回來，那公寓的警衛可能會更開心。畢竟這些大型廢棄物的處理費用都要由警衛負擔，有人把要回收的東西撿走，省下一筆處理廢棄物的開銷，誰會不高興呢？肯定是這樣的。想到這裡，民龍突然靈光一現，要不要乾脆去當警衛好了？他一下子坐起身來，並聽見因汗水而黏在一起的皮膚與皮革唰一聲分開的聲音。

他連上求職網站，開始看起保全公司刊登的工作。公寓警衛派遣公司都希望找五十多或六十多歲的男性，這還是民龍頭一次因為太年輕而不符資格。他先是因此感到滿足，卻又立即感到洩氣。不過專門負責大樓的保全公司又是不一樣的光景。他們不歧視年輕人，卻歧視年長者。有些公司要找正職，有些只開出約聘的職缺。約聘職實在是不太踏實，要是沒有轉正職的機會，等合約一到，肯定會立刻被趕出公司，到時他就得繼續看求職網站。民龍注意到上頭寫著「修畢警衛工作教育課程者優先錄取」這一行字，竟然還要求這樣的經歷，這世界還真是奇怪。民龍老大不高興地呆坐在電腦前，外頭的雨勢越來越大，彷彿就要打穿窗戶噴進屋內。

下雨天就該吃泡麵。正當他嘟囔著煮開水時，然厚恰好進門。渾身濕透的他，站在門口不知磨蹭什麼。

「發生什麼事了？今天怎麼這麼早回來？」

「我倒是希望能有點什麼事。」

然厚從不曾用這種冷漠的態度回答問題，他總是充滿活力又開朗，有時甚至會太輕浮。看到這樣的然厚，民龍不禁有些擔心。

然厚把背包往旁邊一丟，立刻趴倒在沙發上打開電視。

「先去換衣……」

「哎呀，果然還是要有沙發才像是個家。我可以沒有床，但實在不能沒有沙發！」

然厚瞬間又換上開朗的語氣，彷彿剛才進門時那個陰沉冷漠的他從不存在。聽見然厚的語氣轉變，民龍緊張的心情立刻放鬆，他同時也對自己的情緒轉變感到訝異。會在意對方每一句話、每一個表情，因此而擔心，這就是家人吧。民龍突然覺得肋骨附近微微抽了一下。沙發嘛，稍微弄濕也沒關係，再擦就好了，他一邊想著，又往泡麵鍋裡倒了點熱水。

「要是像他這樣衣食無缺，那就算獨居也沒問題。」

電視正在播放觀察獨居男藝人日常生活的綜藝節目，攝影棚裡，這些男藝人的母親聚在一起觀看兒子的生活。其中一位住家坪數最小的電影演員，正在跟無法啟動的電子飯鍋對話。這名演員的年紀大約是四十出頭。

「但他沒女友啊。」

「這是選配嘛，但標配的職業跟錢他都有啦。」

「我們怎麼都沒人有女友啊……」

然厚突然坐起身答道：「哥！就跟你說那是選配了！你不知道什麼是選配喔？」

「我知道啊。」

「哥，你沒買過車吧？買車時都有一大堆選配，但你要先買了車，才能選擇要不要加購那些東西。我的意思是說，錢跟職業是車子，女友則是加購的選配。你也知道，選配不會只有一個吧？」然厚嘻嘻笑著，脫下濕透的T恤往地板上一丟。

「嗯，不對，哥，要是很有錢的話，那沒有工作也沒關係，所以職業也是選配。」說完後，他又往沙發上一躺，對著冷氣張開了嘴。「啊啊啊啊，好涼喔。不知道是不是太濕，我覺得很不舒服。對吧？歐元啊啊啊啊。」

然厚伸手去摸窩在椅背上的歐元，民龍一聽到他說好涼這兩個字便抖了一下，趕緊開口辯解：

「我剛剛才開喔，我自己一個人的時候都沒有開。」

「哥，我們不要過得這麼悲慘啦啦啦啦……」

「真的啦，是因為太潮濕我才開的，剛剛才開。」

民龍正經八百地解釋，不希望然厚誤會他在說謊。不過他不太明白，為什麼自己的聲音聽起來很卑微。

「你就開嘛，天氣都要熱死了，幹麼忍成這樣？」

「那電費怎麼辦？就算你這麼說……」

民龍有些不開心地撕開泡麵包裝，將麵體跟調味粉包倒入已經煮開的水中。

「哥，你又沒有先放調味粉囉？」

民龍真不知道為什麼非要這麼強調先後順序。可能是因為他從來沒有先放過調味粉包，所以不覺得有什麼很大的差異。

「不然你來煮。」

「麵要硬一點喔，我不喜歡太爛。」

「去冰箱拿泡菜出來啦。」

然厚這才慢條斯理地起身拿出餐具，在桌上擺好兩個空碗跟兩副筷子。

「話說……祖克他……」

「怎樣？」

然厚先是稀哩呼嚕地吞下一大口泡麵，接著才像是突然想起一件重要大事似地開口：

「個性好死板……」

民龍也深有同感，他擔心電費而不敢開冷氣時，想到的人也不是然厚，而是祖克。

「是因為他以前吃過很多苦，才會這樣吧？」

「老實說，我也是怕他會不高興才不敢開冷氣。但為什麼要有冷氣這傢伙的存在？不就是為了在天氣熱時能開來吹嗎？這就是它存在的理由啊！」然厚用筷子指著冷氣說。

「計較東西存在的理由，只對有原則的人行得通，對我們這種人能行得通的東西只有泡麵。麵都爛了，快吃吧。」

民龍撈起一大口麵往嘴裡塞，隨即又因為太燙而吐了出來。

「我第一次看到有人看管理費通知單看得那麼仔細。他居然會去比這個月跟上個月、跟去年同期、跟去年同一天的平均值耶。我第一次知道原來通知單上面有寫這些。」

民龍也是第一次。這是他第一次看到這種比較數值，也是第一次接到管理費通知單。公寓管理費這種東西，金額比他之前自行想像的還要高，第一個月著實讓他吃了好大一驚。

「總之，他真的很可怕……」

然厚用筷子撈了撈剩下的麵，接著突然停下手上的動作。不知為何，從剛剛開始，民龍就覺得家裡好像越來越暗。然厚的臉不知不覺變得有些蠟黃，貼著白色壁紙的牆也跟著轉黃。兩人露出不解的神情，還不明白究竟發生了什麼事。接著「答」一聲，一滴水掉進泡麵鍋裡。滴滴答答、滴滴滴、答答答答。兩人同時抬頭看向天花板，只見玻璃製的四方形燈罩已經積滿了泥水，那些泥水滿溢出來，沿著縫隙向下流，此刻正從鍋子的邊緣滴進鍋內。

然厚趕緊丟下筷子。

在民龍還沒反應過來時，然厚已經用迅雷不及掩耳的速度衝向玄關，啟動設置在牆邊的斷電器。室內瞬間變得一片漆黑，光的殘影卻讓人覺得燈彷彿還開著。泡麵、泡麵還剩下一半啊！雖然泡麵不是現在最重要的問題，但泡麵還剩很多耶！民龍有些失神，始終無法將目光從泡麵上頭移開，直到然厚毫不留情地將裝著泡麵的鍋子丟入水槽。

「欸，幹，完了。」

「接水的東西……接水的東西……」

然厚將水槽附近的收納櫃一一打開查看，但都沒有容量足以用來盛接雨水的鍋子或容器。他又打開冰箱，把最下層本是用來放蔬菜的抽屜拆下來，這東西不會太笨重，又有一定的重量，很適合接水。他將拆下來的抽屜放在燈下，四處張望了一下。這次民龍也立即注意到了，然厚在找椅子，畢竟要有椅子能踩上去，才有辦法把一直在滴泥水的燈罩拆下來，可惜家中沒有椅子。民龍瞬間意識到自己該怎麼做，他立刻趴到抽屜旁邊，雙手雙腳都維持與肩同寬，用力撐住自己的身體。在然厚猶豫著要不要踩上去時，水依然繼續往下滴。

「快點！」

民龍一喊，然厚便二話不說踩了上去。嘩啦啦，然厚才稍稍鬆開燈罩其中一邊的螺絲，蓄積的泥水便瞬間傾盆而下，民龍的背跟屁股一下子濕透了。民龍將拆下來的燈罩拿去陽臺放，接著將噴濺在地上的雨水擦乾。

「你看那邊！」

然厚擔憂地指著凹凸不平的天花板。他將冰箱抽屜裝的水拿去倒掉，又趕緊將抽屜放在新的漏水處，再次整個人趴了下去。

「沒用啦，這要讓個子比較高的人來才行。」

民龍用身體把然厚推開，然厚則是帶著抱歉的神情再度踩到民龍背上。然厚用刀子把積水的天花板壁紙微微割開，讓水能從壁紙的破口流出來。蓄積在裡頭的水就這麼隨著電線緩緩流下。

「怎麼辦？」

雨勢依舊很大，然厚打電話到管理室詢問解決辦法。

「那不然要怎麼辦？要我們點蠟燭嗎？不是啊，雖然一樣都有光，但燈跟蠟燭就是不一樣嘛。現在電器就都不能用啊，不要只會道歉啦……」

只見然厚與電話那頭的聲音持續對話到最後，只能以是、好來結束通話。掛上電話後，然厚將電話往沙發上一扔。

「管理室說什麼？」

「他們說就是因為這樣，這裡才要重建啊。可惡……」

從天花板上滴進抽屜的雨水噴濺到地板上，弄得客廳滿是骯髒的汙水，而且又黑、又濕、又熱。

「他們說今年屋頂沒做防水工程，還說要等雨停才能來看。到時應該會幫忙蓋個防水塑膠布什麼的吧。」

「只有我們家漏水嗎？」

「不知道，但聽說從屋頂滲下來的水，會往天花板最低的地方聚集。」

「看來我們家就是最低的地方了。」

然厚抬頭靜靜看著天花板，並指著一個地方說：「這裡的壁紙下垂最多，對吧？」

民龍看起來也是如此。

「看來我們需要針線。」

民龍呆看著然厚，針線這種東西可不會出現在垃圾場。然厚環顧屋內，注意到放在角落的釣魚竿，他露出滿足的笑容。

「你想怎麼做？」

然厚拿了把刀過來，在被積水壓到變形的壁紙中心點畫了個十字。泥水嘩啦啦流了下來，民龍手腳俐落地將抽屜搬過來。這邊答答、那邊嘩啦啦，兩個地方都在同時漏水。

「聽說這叫作打擊樂。」

「打什麼？你在開什麼玩笑？」

民龍將鍋子裡的泡麵倒掉，拿鍋子去接另一邊的漏水。雨水打在空鍋子裡的聲音，跟嘩啦啦向下流的水聲交雜在一起，形成了穩定的節奏。

「你聽，不覺得很像打擊樂器的聲音嗎？」

然厚開始跟著節奏擺動，像是在打鼓一樣，發出砰啪砰的聲音。砰嚓咔、砰、嚓咔、砰、砰、嚓咔。看來然厚才是真正的樂觀主義者啊，或者可以說他凡事都能以正向的態度面對。喂、喂，下雨在漏水耶！有沒有什麼方法能阻止漏水？一間公寓怎麼能搞成這樣啦？又沒電又漏水的！原本嘟嘟囔囔發著牢騷的民龍，竟在不知不覺間用手指在空中打著節奏，並隨著節奏擺動身體。發現自己竟跟著然厚起舞，民龍忍不住笑了起來。

然厚的節奏口技非常出色，令民龍驚嘆，看來他說以前在夜店混過的話是真的。他跟著然厚的節奏擺動身體，直到水多到滿出來，讓地板變得無比濕滑，害他不小心跌倒為止。

「你怎麼又跌倒了？」然厚笑他。

「我是在休息。我跟你又不一樣！等你三十歲就知道了！」

「哥，再去拆一個冰箱的抽屜下來啦。」

然厚指著泡麵鍋，民龍聽話地去拆了個抽屜來跟鍋子換。不知為何，然厚說的話總能讓他乖乖聽從。然厚在某些事情上比民龍聰明，尤其對現實的認知能力非常出色。當然，這不是什麼客觀認定的標準，只是民龍自己的標準。總之，然厚不是絕對優秀，而是相對優秀。哇，居然有辦法想出這麼專業的用詞，民龍覺得自己真是棒透了。

積在壁紙裡的水似乎都流光了。水聲從嘩啦啦變成唰唰，然後又變成答答，節奏越來越慢。時候終於到了，然厚拿起釣魚竿測量高度。

「哇，好棒，好厲害！」

然厚將繫在釣魚竿上的塑膠袋捲成細細的一條線，將塑膠袋塞進剛才割開的十字開口裡。一直窩在沙發椅背上動也不動的歐元也一溜煙跑過來，伸出前腳，對著消失在洞裡的塑膠袋拚命跳個不停。民龍先是驚訝地看著然厚這番舉動，隨後見到歐元這樣跳個不停，也只能表示遺憾。歐元啊，抱歉了，借你的玩具一用，阻止一下漏水。釣魚竿似乎已經牢牢卡在洞裡，下半段則吊在半空中晃個不停。歐元已經放棄了塑膠袋，開始用腳去碰卡在半空中的釣魚竿。

「不想再跌倒的話，就擦一下地板吧。」

民龍這次也聽話地去拿了抹布，開始擦起地板。然厚雙手抱胸看著釣魚竿，只見此刻雨水正從屋頂沿著天花板向下流，流進地板上用來接水的冰箱抽屜。

「哇，你是天才耶。」民龍發自內心地感嘆。

「你現在才知道喔？」

兩人並肩坐在沙發上，茫然地看著不斷流下來的雨水。雨勢絲毫沒有停歇的意思，天也越來越黑了。

鑽石溫泉一點也沒變。雖然跟以前比起來是老舊了點，但大致上沒什麼不同。考完大學後，然厚有段時間天天來報到，但也很久沒來了。後來只有在大學時跟朋友喝酒喝到滿臉通紅，沒辦法繼續喝下去又不願意立刻回家時，曾經跟幾個朋友來過幾次，那也已經是九年前的事了。雖然不怎麼想再來這裡，但實在別無選擇。都是天災害的。遭遇自然災害本就是無可奈何的嘛，家裡都停電了，什麼都做不了。躺在那滑手機滑到最後，發現電池就要見底，家裡又沒辦法充電，真令人恐懼。民龍於是提議，我們去那裡吧，便拉著他來到這，真不曉得民龍怎麼會知道這個地方。但想想也是，還有哪裡比這裡更好呢？可以吃、可以睡、可以洗澡、可以看電視，還能玩遊戲，要做什麼都可以，唯一擔心的就是可能會遇到認識的人，尤其是以前的鄰居阿姨。但要避免這個問題，只要不去樓上的男女共用區就好。

兩人在四樓拿了衣服跟毛巾後便下到三樓，接著拿了兩個枕頭，斜靠在一旁的牆上，真是涼爽。民龍像個鄉巴佬，直說自己是第一次來到規模這麼大的汗蒸幕。

「哥，這裡雖然叫鑽石溫泉，其實只是汗蒸幕而已啦。」

「話說，我們要在這待到什麼時候？」

「待到電來了為止。」

「電真的會來嗎？你剛剛把斷電器打開了耶。」
「對耶。」
「我把我的寶貝單獨丟在家，完蛋了，這麼黑，牠會怕。」
民龍一直叫歐元「寶貝」，然厚覺得很是肉麻，會在民龍看不見的地方用力收緊自己的腳趾，試圖抒解那股肉麻的不適感。
「我們今天晚上就先睡這啦，貓在黑的地方也可以過得很好。」然厚擺出立刻就要入睡的姿勢，並用低沉的聲音唸道：「一晃眼夜晚過去，連電也沒有的夜晚，該怎麼辦？[6]」
「哇，你怎麼會背這個？」
「不知道，就突然想到。」
「看來你的腦袋也不完全像石頭一樣沒用嘛。」
「哥，講真的，我的腦袋很有用好嗎？」
「那你就快點考上啊。」
「只要我下定決心，輕輕鬆鬆就能考上九級公務員啦。」
「那你就下定決心嘛。」
「我有要下定決心啦。」
「下定決心的人會這麼早回家嗎？」
然厚想起下午發生的事。他終於下定決心來到睽違已久的自習室，還怕自己讀到一半打瞌睡，特地買了杯冰美式，真是難得的堅定意志。他都坐到位置上準備要讀書了，要不是發生了那件事，他肯定會在自習室裡狂飆進度。

「哥，你知道鷺梁津的美式咖啡多少錢嗎？」

「一千五？」

「那是三岔路那邊的價格，另一邊是一千韓元。」

「什麼？你怎麼現在才說？」民龍露出白花冤枉錢的表情，但又立刻換上一副好奇得要死的神情。「然後呢？」

然厚小心翼翼地喝著咖啡，不敢發出一點聲響。畢竟準備國考的學生可是連冰塊碰撞的聲音、用吸管吸飲料的聲音都受不了。然厚曾經親眼目睹有人因為噪音而起衝突，所以他盡可能不發出任何聲音，連翻書都小心翼翼，這是維持自習室肅靜的基本禮儀。後來他去了一趟廁所，回來發現自己桌上被貼了一張便條紙，上頭寫著：

> 請顧慮別人的心情。你外帶咖啡進來自習室喝，不能喝的人就會有相對剝奪感，請你注意。

「哥，那張便條紙我不知道反覆看了多少次。」

民龍宛如面對困難的數學題，疑惑地眨著眼。雖不知道便條紙是誰寫的，但就算知道

6 改編自傳統高麗歌謠〈青山別曲〉。

也沒有意義。然厚先是無奈，又覺得生氣，最後陷入憂鬱。

「這會不會太過分啦？我想喝杯咖啡也不行嗎？」

「這……」民龍說不出話來。

「雖然不知道那傢伙是誰，但在鷺梁津喝冰美式的難道只有我嗎？而且那一杯才一千韓元耶，一千！我又不是去星巴克還是TWOSOME[7]買一杯五千韓元的咖啡！而且！就算我真的是去這些地方買貴到不行的咖啡好了，那也是隨我高興啊！憑什麼叫我不准喝啊？」

一口氣抱怨完後，然厚便開始咬起指甲。

「我請你喝一杯，我們上去吧。」民龍起身拉了拉然厚的手臂。

「不必了啦！我現在又不是因為不能喝咖啡才這樣。」

「反正我們就先上去嘛，不是說樓上很多東西嗎？順便參觀一下啊。」

民龍看了看四周，催促然厚快點起來一起上樓。然厚卻動也不動，只是躺在地上看著天花板。天花板上的燈好刺眼，為什麼家裡要漏水，搞成現在這個樣子？

「這裡這麼貴，一直待在三樓太浪費了啦。」

然厚看得出來，民龍是真心覺得浪費，他也不好意思繼續躺著耍賴，只好趕快起來。

四樓也跟以前一樣，有貼著大量假鑽石的金字塔汗蒸房，也有主打麥飯石的汗蒸房、運動按摩室等空間，池子裡養滿醫生魚的足浴區跟網咖區也都還在。

「你儘管喝吧。要再請你一杯嗎？」

民龍將杯子遞給然厚，眼神卻總是在後頭寬敞的空間裡亂飄。正當然厚想開口問民龍說「到底有什麼好看的？是不是第一次來汗蒸幕？」時，然厚突然想起鑽石溫泉剛開幕時幾乎轟動整個社區的事。一想到這，就覺得民龍會感到新奇似乎也不那麼怪了。於是然厚選擇把話收回去，只是默默咬著吸管。民龍喝著滿是碎冰的甜米釀，斜靠在角落的位置。

然厚帶著民龍來到金字塔汗蒸房，說：「要進去這裡，我們才算值回票價啦。」汗蒸房的出入口相當低矮，兩人必須彎著腰才有辦法進去。

「咦？忍者？」一名老態龍鍾的男子帶著笑看著兩人。

然厚看了看四周，剛走進汗蒸房的人就只有他自己跟民龍而已。意外的是，民龍竟開心地跟對方打招呼。他居然會在這裡遇到認識的人？不對，是他居然有認識的人住在這附近？話說回來，對方剛剛叫他什麼？

只要再送走這組客人，今天就能關門休息了。他們兩個人已經打了四小時，無聊的閒聊間混雜著低俗的粗話。打撞球有這麼好玩嗎？他們時間還真多。祖克雖然是靠在撞球場打工賺錢，但多少還是有些瞧不起成天窩在撞球場的人。他認為花在撞球場的這些時間跟力氣都很浪費，但他接著又會羨慕他們。因為無論他再如何省吃儉用、再怎麼拚命擠，都沒有錢也沒有精力去打撞球。

老實說，祖克最羨慕的人是然厚。撞球場的客人嘛，反正都不認識，更不可能知道他們的生活背景，然厚就不一樣了。他們住在一起，相處了一陣子後祖克才發現，然厚打出生就跟自己不一樣。雖然不知道家境要多優渥才能說是含著金湯匙出生，但然厚這種程度的家境，少說也有銀湯匙吧。一想到這裡，便讓祖克產生相對剝奪感，緊接著又被絕望吞噬。

距離開學沒剩多少天了，祖克已經放棄在今年復學。因為他存下來的錢，已經全部拿去繳房子的押金。如果選擇不去上學，從現在開始拚命存錢的話，至少接下來一年暫時不必擔心學校的註冊費，從某個角度來看反而是好事。只是開銷比預期要大許多，房租、生活費、管理費都是沉重的負擔，現在還多了之前沒有的交通費。祖克在腦海裡按著計算機，可他一點也不後悔。機會是給準備好的人，這句話說得沒錯。偶然聽見民龍與然厚在討論公寓的事情時，他很慶幸自己身上有一筆錢能付押金。但一深入去想自己還需要做什麼準備，卻一點想法也沒有。所謂的準備，說到頭就只是錢。一想到這裡，他突然有些不是滋味。

祖克幾乎每天都在進行一連串的推演與計算，即便推演的內容總是一樣，得出的結論也始終沒變，他依然如故。回過神來，祖克發現眼前那兩個揮舞著球桿的客人，人生就跟自己一樣糟糕。但再仔細觀察，祖克才注意到那兩人在求生之餘，似乎還是有著各自的興趣與愛好。而祖克連興趣與愛好都沒有，成天只能工作賺錢，他開始覺得自己比他們還要糟糕。他又想起然厚，感到羨慕又有些生氣，雖然不知道生氣的對象是誰，但他甩了甩頭，在心裡告訴自己，總之生氣的對象不是然厚哥。

他就是這樣度過在撞球場裡的時間。

「混帳！找死啊？」

氣氛突然變得很可怕，明明只要再撐一下就下班了啊。

「我打中了！」

「這叫打中？你把我當白痴喔？」

「我在打的時候你要認真看啊！你的眼睛是裝飾喔？要不要我幫你把眼睛弄大一點？」

穿著短褲的男子反抓著球桿像是要打人，兩名男子目露凶光。祖克第一次遇到這種情況。雖然有時候客人開的玩笑會有些過火，但氣氛從來不曾變得如此火爆。

「王八蛋！」

穿著背心的男子一口氣跳上撞球檯，往那個抓著球桿的傢伙下巴踢了一下。彷彿在看動作片裡的某個場景，那動作快得讓祖克無法反應，感覺一點也不真實。短褲男重心不穩向後跌了一下，但仍沒有放掉手上的球桿，反倒像不倒翁一樣站起身來。他將球桿往空中一揮，咻咻響的風壓聲令人有些害怕。站在撞球檯上的背心男卻輕鬆閃過球桿，並再度踢了對方一腳。啪一聲，短褲男向後摔倒，背心男則朝著短褲男跳了過去，絲毫不給短褲男起身的機會，朝著短褲男的肚子踢了兩、三腳，還踩住對方的頭。祖克完全沒有勸架的念頭，只能僵在原地，不敢離開櫃檯一步。背心男的動作看起來像個擅長打鬥的好手，祖克沒想到自己竟會親眼看見打架場面。只見背心男朝撞球檯上吐了口口水，便悠哉地離開了撞球場。祖克愣在那，不知該如何是好。

「他跑啦？幹！」

原本像是昏了過去、倒在地上動也不動的短褲男這時坐了起來，稍稍活動了自己的脖子與肩膀。不知是不是哪裡受了傷，只見血從他頭上流下，上眼瞼也腫脹不堪。祖克趕緊撕了些掛在牆上的捲筒衛生紙遞過去，短褲男接過衛生紙擦了擦自己的臉，然後吐了口痰，而且還是朝著撞球檯。祖克趕緊拿衛生紙將撞球檯擦乾淨，短褲男腳步踉蹌地往門口走去，祖克便跟在他身後。

「總共是四小……」

凶神惡煞的短褲男似笑非笑地皺眉看著祖克。彷彿是在對他說：搞笑喔？還是找死？祖克看懂了他的意思，便默默將沒說完的話吞回去，並放下手上的衛生紙。這時他才開始想，是不是該報警？就在他猶豫不決時，短褲男已經走下樓梯不見人影，只剩下他那一連串髒話在祖克耳邊繚繞。

是不是該告訴老闆……祖克沒有頭緒。櫃檯還留有四小時的消費紀錄，是不是該把這筆紀錄刪掉？但刪掉之後要是出什麼差錯會更麻煩吧？老闆可能會誤以為祖克用這種方式偷店裡的錢。是不是該等到明天再跟老闆解釋？祖克煩惱著，一邊開始清理血跡。他拿不織布沾了點清潔劑仔細擦拭，但那參雜著血跡的汙漬頑固地不肯消失。祖克決定放棄並離開撞球場，因為他得搭上末班車才行。

在轉乘站下車，人們在電扶梯上跑了起來，每個人似乎都拚了命要搭上末班車。「就算用跑的，也搭不上現在進站的那班列車，因為我試過了。」一手扶梯旁的牆面上貼著這樣的句子，可是人們還是拚了命地跑。當身邊的人開始跑起來，你也不得不跟著一起跑，大家真是到了深夜都還在拚命呢。大家都靠什麼討生活呢？是正職？約聘？兼職？住在怎樣的房子裡？房子是自有的？全租？還是月租呢？

電梯裡飄著炸雞的味道，這是常有的事，應該是有人想買給家人吃才特地外帶吧。他們肯定是能在傍晚下班享受個人生活的人，至少不會每天都要等過了午夜才能回家。其實祖克最近晚上偶爾也會吃炸雞。下班後，總會剩幾塊他們兩個吃剩的炸雞能撿，這不會占用生活費的額度，因為通常不是民龍就是然厚出錢，但這也讓祖克吃得不安心，畢竟時間一久，總有一天得輪到他回請一頓。

雖然收到兩人要他去汗蒸幕的訊息，但祖克拒絕了。回去只要能睡覺就好，沒電也沒關係。歐元應該乖乖待在家不會衝出來，但祖克開門時還是特別留意了一下。室內是亮的，但亮著的不是客廳的燈，而是廚房的燈。那剛才在走廊上看見的燈就不是別人家，而是自家的燈了。只不過家中的空氣卻有微妙的不同，好像有些浮躁，感覺好陌生。

「你回來啦？」民龍似乎連聲音都是醉的。

「辛苦了，祖克！我們都在等你，祖克！快來吃吧！儘管大口喝吧！噗，祖克！噗，祖克！噗、噗、噗，祖克！」

然厚站起來對著祖克饒舌。一頭霧水的祖克一進客廳，然厚便以華麗的動作在他周圍打轉。然厚哥的饒舌技巧真好，押韻押得很到位，但現在祖克可沒心情回應他。他輕輕甩開然厚的手，可是……

「快過來坐，喝一杯吧，過來打個招呼。」

民龍用眼神示意祖克注意坐在他對面的大叔。是民龍的爸爸嗎？不會吧？民龍哥沒有爸爸，不，應該不是沒有，但總之幾乎等同於沒有。而然厚哥沒有告訴家人他住在這的事，到底是誰？祖克一邊思考一邊坐下，突然啪地一聲，額頭敲到了某個東西。他抬頭一看，發現釣魚竿插在天花板上，魚竿下方是冰箱裡拆下來的保鮮盒抽屜。原本靠牆擺放的冰箱被拉了出來，用絕緣膠帶綁起來的電線露在外頭。旁邊有一條長長的線，那條線也跟釣魚竿一樣，被塞在冰箱的保鮮盒抽屜裡。三人刻意選擇避開那兩個障礙物的位置，只見他們四周有幾個散落的啤酒寶特瓶。

「多虧了大叔，我們才有電能用。」

「天氣很熱，這些水應該很快就會乾了，到時候再把燈裝回去。」

民龍說完後，那位大叔也自信滿滿地補了一句。只不過祖克反倒覺得自己的位置被這位大叔搶走，現在自己就像外來的客人，心底升起一股難以言喻的感覺。祖克對這種感覺並不陌生，然厚跟民龍本來就認識，兩人也很合得來，較晚加入的祖克始終覺得自己像局外人。再加上他的工作早出晚歸，實在沒有時間跟兩人培養感情。沒想到現在還加入一個陌生的老先生，形成他們三人對祖克一人的局面。

「那就祝你們聊得開心，我有點累了。」

這話一出口，連祖克自己都覺得可笑。他又不是什麼服務生，說什麼祝你們聊得開心啊？大叔跟民龍雖然喝了酒，但聽見祖克這麼說還是有些不高興。就在這時，然厚拉著祖克的手臂要他坐下。

「所以才要喝酒啊，這樣才能好好舒緩一下疲勞。也可以吃點肉。」

祖克有時候很好奇，然厚到底有多擅長社交？這是成長過程中衣食無缺的人才可能享有的大方，可不是靠努力就能獲得的才能，還真是羨慕他。

「哥，不管是牛肉還是豬肉都一樣是肉，鴨肉也是肉啊。至於雞嘛，就是炸雞，不是蔘雞湯就是炸雞，對吧？」

然厚說完，嘻嘻笑了起來，民龍也跟著笑了，大叔哈哈大笑著，然後補上一句：

「辣燉雞湯也很好吃啊。」

啊，辣燉雞湯！這句話彷彿擊中了祖克的心，也讓他漸漸卸下心防。他就像一輛鬆開了煞車，漸漸向前滑行的車子，緩緩靠近三人並融入其中。反正有免費的炸雞跟啤酒能享用，大叔又幫忙恢復家中的供電。祖克一方面不好意思太強硬地拒絕別人的好意，也想趕快忘掉下班前發生的事。他喝著酒，聽民龍與伊恩講成為酒友的過程，再聽他們說完三人在鑽石溫泉相遇的事後，祖克發現自己久違地喝醉了。

「之前也曾經發生過整個社區都停電的事。」然厚突然說起往事。

「那天我點了炸雞，當時我家住在十樓，那是我高中時的事。不在這裡，是在一〇三棟。外送工讀生沒辦法把炸雞送上來，就叫我到一樓去拿，我當然就說好啊。他不幫忙送上來，能怎麼辦？但我真的很不想下樓，十樓耶，我要怎麼上來？所以我就沒下去。後來外送員又打來，說不然在五樓跟六樓之間碰面，我就說好。但我哪可能去啊？最後是那個外送工讀生爬到十樓來，他說他爬樓梯爬到很想哭，因為他已經連續爬樓梯爬了好幾個小時。」

祖克握著酒杯的手突然用力了起來。

「你這樣會不會太過分了？」

「呃……」然厚支支吾吾，突然說不出話來。

「還有很多更過分的事，只是讓他出勞力已經算好了啦。」伊恩說。

「你有出過勞力去換什麼東西嗎？」祖克轉而雙眼直盯著伊恩問。

伊恩帶著苦澀的神情拿起杯子，民龍隨即替他倒滿酒。祖克感覺腦中某個地方炸了開來，炸開來的也許不是腦袋，其實是他的心臟也說不定。他靜靜把酒喝光，心裡想著難道然厚與他之間的交集，就只有兩人同住在這間房子而已嗎？跟民龍呢？這位陌生的大叔呢？祖克替自己倒酒，迅速仰頭把杯裡的酒喝光。

他伸長手，拿起手機來看了看時間。已經超過上班時間了。螢幕上顯示有幾封訊息，還有幾通未接來電，全都來自夜班工讀生。房門開著，民龍跟伊恩隨意癱倒在地，像極了被人脫下來後隨意扔在地上的T恤。至於然厚，肯定是睡在小房間裡。祖克吃力地坐起身，沒能及時與夜班工讀生交接還算好了，如果是之前由他負責開店的那段時期，睡過頭真的會出大事。他打工的便利商店不久前又重新恢復二十四小時營業，主因是附近的便利商店放棄二十四小時營業了。雖然二十四小時營業，人事開支也會增加，但誰曉得老闆在打什麼算盤？

他急忙跳上計程車，卻覺得胃在翻騰，頭痛得像要炸開。突然，祖克嘴裡湧出一股酸味。無奈的他只好中途下車，司機氣沖沖問他說是不是不去鷺梁津了？他雖想反問司機為何要生氣，但狀況緊急，他實在無法張嘴。一下車，他便掛在河邊的欄杆上開始嘔吐。吐完後，他擦了擦垂在眼角的淚水，看了看四周，才注意到這一帶大廈林立。記得他好像在哪看過，這些都是韓國最貴的住宅大樓。

他站在人行道邊，想重新招一臺計程車，卻始終等不到空車。他等了超過十分鐘，還是找不到空車只得趕緊安裝叫車APP，想用APP直接叫車，卻收到附近無可服務車輛的通知。夜班工讀生傳訊息來問他是不是還要很久，祖克氣得對手機大喊在路上了！已經在路上了！但根本沒人聽見。總之，這個地方根本沒有行人，偏偏下車的地方又在河邊，附近沒有商店也沒有公車站。後面是地下隧道的出口，前面則是高架道路的起點。計程車路過這種地方的機率，恐怕比刮中彩券還低。這時才他明白計程車司機生氣的原因，既然這裡沒有空計程車，顯然也不會有人叫車。

「我晚了一小時四十分鐘下班，就算兩小時吧。」

夜班工讀生在祖克開門進來的同時，便丟下這句話奪門而出。換班遲到是最糟糕的行為，祖克當然必須承擔多出來的那二十分鐘。

雖已過了物流配送時間，但貨品都還沒清點上架，打掃工作也毫無進度。這是夜班工讀生在抗議，要讓祖克知道光是還待在店裡等他來交接，就已經要謝天謝地了，實在沒理由再替祖克做完這些工作。祖克知道，這都是理所當然的，可是啊，能不能偶爾也讓我享受出乎意料的好意呢？像今天這種身心俱疲的日子，就不能有一些好事嗎？拳頭大的委屈從腹部更深處的地方湧了上來。祖克還在試圖定義那種情緒，沒想到這股情緒竟嘩一聲傾瀉在便利商店的地板上。光滑的地板上，嘔吐物噴得到處都是，不過相較於氣味，嘔吐物的面積實在不算什麼。酸臭的氣味朝四面八方擴散出去，沾染了店內的每個角落。

在快要被氣味逼得再吐第二次的窘迫之中，祖克將嘔吐物掃入塑膠袋裡。他蹲坐在地上屏氣，卻發現自己斗大的眼淚啪答掉在嘔吐物上。是啊，爬樓梯就是我的工作。雖然從不曾期待能夠享有他人的好意，但能不能至少一次，偶爾一次，能有誰下樓來接我手上的外送？祖克戴著塑膠手套蹲坐在地板上，只覺得地板傳來的寒氣貫穿他的身體，令他渾身發冷。便利商店裡面其實很冷，只是他一直都在活動，所以感受不到冷罷了。

就在他清理完地板時，一名戴著棒球帽的女子走了進來。偏偏就是這麼不巧。棒球帽女跟平時一樣，在店內緩慢逛著，就像那些沒有任何目標，只是在購物中心裡漫無目的閒逛的人一樣，祖克沒有力氣去看防盜鏡或注意這名女子的動作。他來這間便利商店工作後，便經常注意到這名偶爾會來店內的女子，但今天是他第一次決定不去留意女子的一舉一動。他撐著無力的身體清理垃圾、整理物流送來的貨，並忙著把冰箱裡的商品補滿。祖克很清楚事情的先後順序，這名女子的順序從來不曾排在工作之前。

他的肚子開始翻攪，這次是想拉肚子的感覺。他趕緊拿了鑰匙，衝向位在樓梯間的廁所。在店門開著的情況下去廁所是絕對禁止事項，更何況現在還有客人在店裡。這使祖克坐在馬桶上時，仍忐忑不安地多次確認時間。就在他越來越不安時，手機突然振動了起來。雖然他不是在做壞事，但還是嚇了一大跳，不小心將手機弄掉在地板上。手機重重摔在廁所的瓷磚地板上，絕對不可能沒事。拿起手機一看，只見螢幕呈放射狀裂開，他不捨地用手指摸了摸螢幕邊緣。雖然能摸到一些細碎的玻璃屑，但多虧了保護膜，應該還能再撐一陣子。手機分期都還沒繳完螢幕便不小心摔碎，始作俑者是一封微不足道的垃圾簡訊。啊，氣死人了！該死的莫非定律！
從廁所回來，戴棒球帽的女子已經消失，整間店大約有六分鐘空著。祖克一方面因為沒客人而感到可惜，又有些不安。他立刻重播監視器畫面，發現這段期間有兩個人走進來，但看到櫃檯沒人，便等了一下才離開。戴棒球帽的女子則跟平時一樣四處探頭探腦，她肯定注意到櫃檯沒人，但沒做出什麼奇怪的事。她消失在監視器跟鏡子都看不見的死角，沒過多久又出現在畫面上。乍看沒什麼問題，但祖克實在不敢放心，因為對方很可能偷了什麼小東西。
其實小偷很少偷貴重物品，通常都是他們需要的小東西。很多人會疑惑，便利商店裡有什麼東西會讓他們非得冒險去偷，但如果是衛生棉、保險套這類東西那就很難說了。新聞雖然偶爾會報有人餓到受不了去偷東西吃，但正是因為這類事件很少，才有機會上新聞。其實大多數的小偷，說不定都只是自制力不足或道德觀念有問題才會犯案。這名女子屬於哪一種呢？更重要的是，她真的有偷東西嗎？
待完成的工作堆積如山，祖克沒時間再去思考那名女子，他試著甩開想立刻躺下或想找地方坐下的誘惑，趕緊解決眼前的待辦事項，雖然店裡也沒地方給他躺就是了。在他好不容易將事情處理得差不多之後，才終於咬了一口今天報廢的三角飯糰。飯糰的口感就像磨砂紙，感覺整張嘴都在沙沙作響。
伊恩究竟是誰？這個年紀都能當他們爸爸的人，竟然跟他們一起通宵喝酒，更奇怪的是他竟然不回家。他說他不住在這社區，但也不能說不屬於這個社區，這到底是什麼意思？

電話響了，是撞球場老闆。人家說吃飯皇帝大，祖克決定先吞下嘴巴裡的飯糰再說。

按密碼鎖的機械音響起，沒過多久便傳來關門聲。想必是祖克吧。伊恩已經醒了。上了年紀後的壞處之一，就是醒得太早。不過如果要醒，那他倒是希望酒可以先醒，可是睡意總比醉意更早消退，還真是尷尬。伊恩很希望自己的一天能越晚開始越好，偏偏事情總是不如人意。

他從剛才開始就躺著不動，覺得口乾舌燥，整間屋子也越來越熱。他一直努力撐到最後，才終於起身來把冷氣打開。然厚沒把門關上，直接睡死在小房間裡，民龍躺在客廳地板上打呼，貓則坐在窗邊看著外頭。他倒了杯水放在貓旁邊，那傢伙竟只是瞥了伊恩一眼，便繼續看向窗外。伊恩看了看冰箱，冰箱門上放著礦泉水跟酒，層板上頭散落著雞蛋、泡菜、軟爛的洋蔥與黃掉的蔥，確實能感覺到這是男生住的房子。

伊恩用泡菜、洋蔥與蔥煮了點東西，還加了冷凍室裡的一整包鯷魚。帶點嗆辣的香味傳遍整間屋子，民龍很快便醒來了。

「再睡一下吧，還沒煮好。」伊恩盛起白飯倒入鍋裡，用湯匙一邊攪拌一邊說。

「你煮了什麼？」

「能暖胃的東西。」

不知是不是聞到食物的香味，然厚頂著一頭亂髮，用手抓著肚子走了出來，又一頭倒在沙發上。民龍替歐元倒了點飼料。

「還好吧？」伊恩站在廚房裡問。

然厚鬆開眉頭並坐起身來，表情看起來有些呆滯。

「咦？你昨晚睡在這嗎？沒關係嗎？」

民龍把髒亂的桌子整理乾淨，拿抹布擦拭。

「你不記得啦？」民龍代伊恩開口問。

「什麼？」

「昨天你邀他一起住啊，說剛好衣櫃還空了一格，還說什麼這就是命運。」

民龍嘻嘻笑著，伊恩也跟著笑了。伊恩拿了顆雞蛋出來，俐落地打進鍋裡並灑上碎海苔，然後將鍋子端到桌上。

「吃吧。」

「你真的要跟我們一起住這嗎？」然厚用無比清醒的表情問道。

「怎麼了？你不喜歡嗎？我們先吃再聊吧。」

伊恩心滿意足地看著民龍與然厚盛湯的模樣。兩人喝了一口後同時驚嘆，然厚豎起大拇指表示稱讚。見兩人都滿意，伊恩才拿起湯匙開動。

「這是泡菜粥，也可以叫泡菜湯粥，我小時候常吃。」

民龍與然厚沒有再說一句話。餐桌上只剩下咀嚼聲、吃熱食的呼嚕聲、吞嚥聲，以及用湯匙將鍋底最後一點殘渣都刮起來的聲音。泡菜粥瞬間便掃光了。

「祖克怎麼說？」然厚問道。彷彿伊恩能不能住進來，祖克的態度才是關鍵。

「我沒想到他會這麼早出門，太匆忙了，沒機會問他。」伊恩惋惜地說。

「他說他不排斥，畢竟這樣只要付四分之一的月租跟管理費，把錢講清楚就好。」

「真不愧是祖克，這傢伙真的很死板。」然厚嘟囔了幾句。

民龍接著小聲說道：「但不知道他還記不記得就是了。」

「他常斷片嗎？」伊恩問。

民龍搖搖頭。「不曉得，我們沒有喝成這樣過。」

民龍是已經沒有失業補助可領的失業者，然厚在準備考公職，祖克是半工半讀卻無法復學的大學生。在伊恩看來，三人都是茫然的年輕人。至於伊恩這個對生活感到無力的大叔，則是近年來被認定為社會罪惡根源的「韓男」。可是伊恩實在不明白，自己到底做錯了什麼？他像奴隸一樣工作了一輩子，終生都為了養活妻小而努力打拚。就算不小心喝酒喝到斷片，還是會記得要回家睡覺，就算渾身都是酒氣，也會準時出門上班。

如果有人執意要問為何非得喝成這樣，伊恩肯定會上前揪住對方的領子理論。除了喝酒，難道還有別的樂趣嗎？說來聽聽啊！他這個世代的男人，從小到大都沒學過培養個人興趣，某天大家卻突然開始說培養興趣很重要，問他們有什麼興趣。他們頂多也只能去爬山、釣釣魚。高爾夫？知道出去打一場球要多少錢嗎？就算是過去戶頭每個月都有薪水進來的時期，去打高爾夫球也會因為花費過高而無法盡興。退休後，他就連高爾夫球桿都不曾碰過了。現在還得忍受人們用看蟲子一樣的鄙視眼光，質問自己為何一天到晚穿登山褲。伊恩只想對他們說，等你老了就知道，硬梆梆的牛仔褲穿起來很不舒服，沒有什麼褲子比材質柔軟貼身的登山褲更舒服了，到底為什麼要對別人的穿著指指點點？伊恩很想找個人來宣洩自己的心情，但絕對不會是這三個年輕人。

「你不是有一棟大樓嗎？為什麼……」然厚驚訝地問伊恩。

是啊，我也很驚訝，我也不知道我為什麼會這樣。就是不知道答案，所以在找出答案之前就只能這樣了啊。伊恩心想。他很想這麼回答，但回答了又有什麼用呢？於是他只能露出苦澀的笑。

「那你呢？為什麼有個好端端的家不回去，卻要住這？」

民龍冷不防朝然厚丟了個問題，隨即引發然厚的不滿。

「唉唷，哥，就說我開始獨立生活了嘛。」

「獨立生活指的不是離開家，是金錢上不依靠家裡。」

「唉唷，不要講這個了啦。」

多虧了民龍，尷尬的氣氛才得以緩和。這麼一個心態健全的孩子，為什麼會找不到工作？伊恩實在不能理解。他有禮貌又替人著想，甚至還有些單純，難道是因為這樣才找不到工作嗎？因為不夠機靈？

如果他是面試官，一定會錄取民龍。確實有些地方很要求資歷，但只要不是非常要求特定能力的工作，組織其實更需要這樣的平凡人。正是幾個特別突出的人，跟為數眾多的平凡人組合起來，才有辦法支撐整個組織的運作。這些平凡人就像人們察覺不到的隱形零件，默默支撐著組織，直到徹底消耗殆盡，這就是組織想要的人才。只要時候一到，組織便會轉眼將這些人一口氣剔除，彷彿輕輕彈飛黏在指尖的鼻屎般。而那個「時候」，是由組織來決定的。

四分之一的月租，就跟鑽石溫泉入場費差不多。這樣一來，就沒有每天必須進出一次的壓力，也不會有露宿街頭的感覺。其實真的沒什麼好猶豫，公寓跟汗蒸幕怎麼能比？伊恩背負這麼大的壓力，能找到落腳的地方就已經讓他開心得不得了了。不對，這裡只能說是暫時的落腳處，他真正的落腳處在江的對岸。他最後還是得回去那裡，他不是不知道，只是他何時才會想回去？伊恩帶著五味雜陳的心情，大口大口地吃著自己煮的泡菜粥。才吃了幾口，便覺得辣到受不了。

民龍二話不說接手洗碗的工作，見然厚摸著肚子重新躺回沙發上，伊恩便往陽臺走去。他探頭望向窗外，十二樓的高度，比想像中還要可怕。記得他之前住在號稱最佳高度的七樓，所以除了爬山，他這輩子從來沒有機會來到這麼高的地方。最容易讓人類感到恐懼的高度是幾公尺啊？伊恩在記憶中尋找答案。是十一公尺嗎？十一公尺的話，大約是四層樓高。據說從十一公尺高跌下去，到地面時加速度就會是零，這似乎叫作終端速度。聽說如果高度大於或小於十一公尺，反而讓人比較不那麼害怕。伊恩噗哧笑了出來，這些話到底是什麼意思啊？理論都是沒用的。況且從比四樓更高的地方掉下去，還有辦法活嗎？不管怎麼死，結果都是死，去計較什麼恐懼感跟終端速度，到底有什麼用？

貓靜靜走到陽臺來，坐在距離伊恩不遠處。如果是那傢伙，應該要從更高的地方掉下去，才會以終端速度抵達地面吧？那又怎樣？要跳一次試試看嗎？不，這樣不行，伊恩從沒有絕望到想求死。真要說起來，他的運氣其實算很好。他在房價瘋狂飆漲前買了自己的房子，兩個孩子也不太需要他擔心，這樣不就夠了嗎？至少自己的孩子比這幾個年輕人好多了，他應該感到滿足才對。伊恩轉頭望向屋內的兩人，只見然厚躺在沙發上滑手機，民龍則是剛洗好碗，拉起衣服擦著手朝陽臺走來。

「你想睡哪裡？」

「我可以隨便選嗎？」

民龍的表情帶著一絲緊張。他是個不擅長敷衍的人，對每件事都沒那麼熱情，卻又無比認真。從他們在亟兀商會初次相遇，一起喝酒的那天開始，民龍就一直是這樣，所以伊恩才覺得捉弄他很有趣。老實說要不是因為這一點，他根本不可能跟幾乎能當自己兒子的民龍往來。

伊恩目不轉睛地盯著民龍，期待他的回答，還要努力忍住不要笑出來。民龍無法立刻回答，看上去有些慌張，讓伊恩不忍心再繼續捉弄他。

「就跟這傢伙一起睡吧。」伊恩蹲下，對著貓喊了聲「蝴蝶」。

「牠不叫蝴蝶，叫歐元。牠是貓，也不是『傢伙』。」

民龍跟著蹲在伊恩身旁，語氣尷尬中帶著點哀怨。

「歐元？是那個歐元嗎？總之，我就跟這小子一起睡了。」伊恩努力壓抑著笑容說。然厚怎麼說也是個考生，應該自己用一間房。而祖克這麼拚命工作，應該舒舒服服地獨享主臥室，伊恩覺得他跟民龍兩人理應睡客廳。當然，最主要的原因還是他跟民龍比較親近。民龍不知有沒有聽出他的話中含意，露出一個複雜的笑容。

「好，今天要做什麼呢？真是一天都不能喘息啊。」

沒等民龍回答，伊恩便逕自做出結論，讓民龍吃驚地瞪大了眼。

「人生啊，就是要適時喘息啦。」

伊恩伸了個懶腰，又大大吸了一口氣。民龍起初還有些猶豫，後來也決定不再深究，跟著伸起懶腰。不知是不是因為昨天剛下過雨，空氣似乎乾淨了許多，天空也十分晴朗。從十二樓抬頭往上看，天空就像一片巨大的螢幕，無比遼闊。

這段不知何時會結束的長征，令然厚感到茫然。鷺梁津的謎團之一，就是無論你對考試分數的預測再低，結果總是有辦法更低於預期，稍早出來的成績也不例外。然厚為了這次模擬考，史無前例地花了整個星期拚命讀書。他很清楚，對準備公職的考生來說，一星期的努力就像一粒沙那樣微不足道，但他還是隱約有點期待，只可惜結果相當悲慘。

像今天這樣的日子，補習班的氣氛既壓抑又低沉。成績出來後，班上的人會立即分為兩派，一派會繼續拚命讀書，另一派則會選擇脫離常軌去釋放壓力。拚命讀書那一派又分為兩種，一種充滿自信，覺得自己繼續這樣讀下去一定能考上，另一種人則是領悟到再這樣下去會完蛋，苦苦逼迫自己。從比例上來看，後者壓倒性的多。至於然厚，既不是前者也不是後者，是更接近脫離常軌那一派。之所以會說他「更接近」，是因為對然厚來說，脫離常軌不讀書才是他的日常，因此實在不能說他「脫離常軌」。

然厚收拾好書包，來到附近的死六臣公園[8]。他本來還有些懷疑這種地方哪可能有人來，誰知道走進公園一看，還是能看見有幾個人站在山坡上。墳墓共有七座，記得是韓國史講師說過，應該叫作死七臣墓，而不是死六臣墓。

「公園離這裡很近，大家可以去那裡走走，順便轉換一下心情。墓總共有七座，為什麼是七座？因為後來又加了一座。而後來加的那個人是誰呢？就是當時的中央政府部長金某某的肖像。各位，在這個地方，你可以想想何謂歷史。支配現在的人，就能夠支配過去。」

這話真是帥氣，學生都忍不住發出「喔喔」的驚嘆聲，講師害羞地笑了一下，才繼續說下去。這名外表凶巴巴的中年講師，笑的時候臉頰上會出現非常不適合他的酒窩。他之所以會有「小可愛」這個名不符實的外號，也是多虧了那一對酒窩。那深深的酒窩，甚至會讓人忍不住想伸手去戳。

「哎呀，這其實不是我說的話。各位讀過小說《一九八四》嗎？這本書很有名，是一個叫喬治・歐威爾的作家寫的，這句話是從那裡面出來的。主角在一個叫真理部的地方工作，他負責什麼呢？就是依照掌權者的要求去修正歷史。歷史就是這樣的東西，那既然如此，我們又為什麼要讀讓人無法信服的歷史？」

講師再度露出笑容，短暫停頓後才接著說：

「因為這是必修科目。不考韓國史，就沒辦法當公務員。要是不及格可就糟糕了。來，趕快讀書吧！」

學生全部一起發出崩潰的嘆息。某個坐在角落的人低聲唸了句「阿門」，並呵呵笑了出來。補習班的明星講師都有各自的祕訣，而他們的共通點就是即便在課堂上開玩笑，也

8 首爾市第八號有形物質文化遺產「死六臣墓」改建的公園，原用於安葬朝鮮時代的七名忠臣。

不會讓話題偏離主軸太久，又懂得適時轉換氣氛。還有無論是什麼內容，都有辦法說明得淺顯易懂。只不過然厚覺得，淺顯易懂有什麼用？還不是左耳進右耳出，會留在腦中的，只有那些根本不會出現在考卷上的垃圾話。

支配現在的人就能支配過去？為何一定要支配過去？如果說這句話是在形容歷史，那歷史就跟他一點關係也沒有吧。老實說，無論是過去、現在還是未來，然厚都不曾覺得自己的人生跟歷史這個宏偉的概念有任何連結。雖然人們普遍認為個人的歷史累積起來，便會成就人類的歷史，但然厚相信這對他個人一點影響也沒有。確實，地獄朝鮮的歷史使他的未來一片渺茫，但這並不代表他這個人的歷史，能替這巨大的時代浪潮增加或減少什麼。無論是對他還是對所有考生來說，喬治．歐威爾的那句話，是不是應該要改成支配現在者就能支配未來？畢竟大家都必須踏實讀書才有可能考上公職，因此是現在決定了未來。不過，他決定今天還是別去想考試了。雖然然厚決心不去想，但要甩開考試的念頭不是件易事。

韓國史這次依然不及格。然厚去年夏天參加了地方級七級公務員考試，今年春天參加國家級九級公務員考試。去年是剛開始準備，便決定報名當作練習，考出來的分數連他自己都不記得，只記得所有科目都不及格，這也是他立刻降級去考九級的原因。今年春天那次考試，韓國史不及格，幾個月後的現在，韓國史依然不及格。必考科目除了國文不及格，英文、行政學概論、行政法總論等所有科目，分數也都讓人不抱希望。

是不是該換個職系？會不會是自己根本不適合準備一般行政職？然厚咯吱咯吱地咬著指甲思考。教育行政？啊，受夠教育了。毒品搜查？矯正署？這些工作太危險了，好可怕。稅務、統計讀起來也很難，肯定只有主修這些的人才能考過。警察公務員？聽說還要考術科。消防公務員？這也要考術科。而且抓犯人、滅火這種累死人的事情，跟自己似乎一點也沾不上邊。然厚伸出另一隻手，一一細數還有哪些職系能選。說來說去，一般行政還是名額最多的職系，最後還是只能選這個。啊，不過，行政學概論、行政法總論真的太難了。那換別的考呢？毒品搜查或矯正署？稅務……就連這一連串的思考過程都讓然厚感到厭倦。每次模擬考結果出來，他都會重新思考一遍這些，但無論如何絞盡腦汁，都想不出一個好考的職系。

記得有一次，父親給了他一些學習的建議。那天他接到媽媽的電話，說做了燉排骨，要他回家吃飯。

「你不能只吃別人夾給你的菜，餐桌上放了這麼多菜，你得自己去夾你要吃的。我說這些是想告訴你，不是光上課就能把書讀好，學了之後還要複習，這樣才叫『學習』。」

父親的話一點都沒錯，然厚不是不知道，只是他還沒有習慣。

「我才準備快一年而已，你準備了十年都還是失敗，說這些話有參考價值嗎？」

父親心中的痛受到攻擊，啪的一聲將筷子往桌上摔。筷子從餐桌上彈了出去，掉在冰箱前的地板上。父親大口喘著氣，大吼著要然厚滾出去，那模樣像極了一匹拖著馬車拚命上到山丘的老馬。原本靜靜吃飯的妹妹默默起身離開餐桌，母親則跟著一起大喊：

「就好好吃頓飯不行嗎？一定要在我生日這天這樣嗎？」

因為母親這句話，然厚才沒有奪門而出，只能緊閉著嘴一句話也不說。父親像調整呼吸的馬匹，氣喘吁吁地喝了口水，然後才接過媽媽拿來的新筷子。一時之間，整棟房子裡只剩下吃飯的咀嚼聲。不知道這天是媽媽生日的然厚，這才想稍稍緩和冰冷生硬的氣氛，緩緩開口道：

「爸，我很認真在準備，但考試真的太難了。現在的高普考，幾乎跟以前的司法考試一樣難。」

然厚又驚覺自己說錯了話，他不該提司法考試的，不小心說溜嘴了。然厚低下頭，準備好接受父親的痛罵。

「是啊，我聽說很難。但你也不要花十年在這上面，沒有一種考試值得你花十年的時間。」

父親意外的反應讓他有些慌張。原本他們父子的相處模式，都是父親適度地發脾氣、適度地忽視他，然厚會適度地受傷、適度地反擊。父親突然跳脫這個迴圈，根本就是犯規。

他沒有理會家人要他睡一晚再走的要求，晚餐後就直接返回了租屋處。他怕自己在家待久了，會忍不住對父母吐露心聲。他在家人面前一直是一副無所謂的樣子，他不想讓家人知道，他其實不是那麼無所畏懼、不知羞恥的啃老族。他不想坦承自己吊兒郎當的樣子，只是因為覺得前途茫茫、看不見未來，不曉得該怎麼做才能擺脫這種不上不下的狀態。

背著背包、拿著草蓆的人越來越多，其中有情侶，也有一家人。現在還是豔陽高照的下午，人們卻為了搶占那一點點樹蔭，爭先恐後地在草皮上攤開草蓆開始野餐。汝矣島今天是要放煙火還是辦什麼慶祝活動嗎？這世上哪來這麼多事情好慶祝？然厚覺得世間的一切都很荒謬，一切就像躺在墳墓裡欣賞煙火表演一樣荒唐，人生就是充斥著荒謬又諷刺的故事。然厚起身拍了拍身上的塵土，踏著沉重的步伐走下山坡。

他其實沒有打算來這裡，只是一回神，人已經在祖克打工的撞球場門口。然厚有些遲疑，因為一想到祖克他便五味雜陳。他有時很心疼祖克，有時覺得羨慕，有時又對祖克感到抱歉。祖克連星期日都在工作，每次問他怎麼有辦法從來不休息，祖克都只是笑一笑，沒有多說什麼。雖然他沒把「休息就沒錢賺」這句話說出口，但然厚多少還是能猜出他的想法。跟祖克相比，自己的確運氣好的不得了，他很清楚這一點，但心情就是好不起來。祖克與然厚各有各的恐懼與茫然，要去比較誰的煩惱比較巨大，實在相當愚蠢。沒有人能夠把自己的那份擔憂交給別人，更無法替人分擔。

「嗨，哥。」

看見然厚走進撞球場，祖克嚇了一跳。

「我不是來打撞球的。」

祖克從櫃檯旁拉了一張塑膠椅過來給然厚，並替他泡了杯咖啡。

「你今天不用讀書啊？」

「今天不讀。」

祖克笑得有些尷尬。真奇怪，他明明在笑，卻覺得表情很苦。

「發生什麼事了？你怎麼這個表情？」

祖克靜靜用手掌摸了摸自己的臉。他很少不回答問題，雖然不是愛說話的類型，但也不會忍著不把話說出口。他無依無靠，會選擇把該說的話說出口，應該也是為了保護自己不受傷害吧。

場內有兩組人正在打撞球。在無趣的玩笑與玩笑之間，偶爾還能聽見啪的擊球聲。祖克靜靜坐著，然厚則喝著那杯甜滋滋的咖啡，還能聞到杯子傳來濃濃的紙味。

「等我一下。」

然厚離開撞球場，彎進巷子。巷子裡的咖啡店是無人賣場，他對著機臺按了幾下，付了錢後便拿到他點的冰美式咖啡。

祖克仍維持剛才的姿勢，視線固定在半空中呆坐著。然厚將咖啡放在櫃臺上，祖克的視線越過杯子與手，停在然厚的臉上。只見他的眼神有些顫抖，這令然厚突然有些尷尬，只好趕緊起身，硬是往一眼就能掌握狀況的室內探頭看個不停。

「你每天做這些都不膩嗎？」

「很膩啊。」

「那你都靠什麼撐下去？玩遊戲嗎？」

祖克露出微笑。雖然看起來比剛才好一點，但表情依舊相當陰鬱。

「遊戲……我沒興趣。」

「第一次遇到有人對遊戲沒興趣的，大家都是因為遊戲而搞砸自己該做的事耶。」

「我的情況還能比這更糟嗎……」說完，祖克便咬起吸管。

看他這個樣子，然厚想起前幾天那張便利貼。某些人產生相對剝奪感而發出不平之鳴，就因為一杯一千韓元的冰美式咖啡。

「先講清楚喔，我也沒有常常喝這個，今天是特別請你喝的。」

這是騙人的，他剛剛才喝完一杯。

「那你喝吧。」

祖克把杯子遞出去，然厚大力往他背上拍了一下，要他趕緊收下這杯咖啡。奇怪的是，祖克這樣的行為，居然令他的胸口如針扎一般不舒服。

「你奶奶還好嗎？你都不回家去看看？」

「是應該要回去看看。」祖克的聲音有氣無力。「我想回去……又不怎麼想回去。」

祖克垂下頭，然厚有些焦急，不知該說什麼才好。無論面對什麼情況，然厚都幾乎不會無話可說，唯獨今天連開口都感到吃力。

「你有好好吃飯嗎？」

祖克嘻一聲笑了。「你也沒有好好吃飯吧？」
「你有看到我吃飯嗎？」
「不看也知道吧。」
對話結束，兩人靜靜坐了一會兒。祖克用吸管喝咖啡的聲音、撞球敲擊的聲音與無趣的玩笑聲，讓然厚覺得一切都很不真實。
過了一會後，祖克才開口：「其實……」
聽完祖克的遭遇，然厚不知該說什麼才好。
「你的意思是說，那些流氓在這裡鬧事，但老闆要你付他們打球的錢？你老闆是不是瘋了啊？」
「不只這樣，他還把我開除了。」
「因為這樣開除你？」
「我有稍微頂了下嘴。」
到底是頂嘴到什麼程度，老闆竟然開除他？老實說，很難想像祖克頂嘴的樣子，他不是那麼胡來的人，畢竟同住一個屋簷下，這點程度的事情，然厚還是很清楚的。
「是因為那時候留下來的汙漬。老闆質問我是不是半夜跟女人在撞球桌上亂搞……還說工讀生他再找就有，讓我感覺很差……」
祖克嘆了口長長的氣，這口氣感覺應該是歷經百般磨難，額頭上已經有幾道皺紋的中老年人來嘆比較合適。

「怎麼不打他一頓……」

「……」

「走吧！」然厚起身。

「要去哪？」

「你不是說被炒了？還要留到晚上喔？」

「就這樣把店丟著嗎？」

「你現在還有力氣擔心那個混蛋老闆喔？把門鎖上啊！」

祖克搖了搖頭。「這樣我會拿不到錢。」

「這裡日薪是多少？我來……」

我來給這幾個字差點就要脫口而出，然厚好不容易才把它給吞了回去。

「他可能會連這個月的薪水都不給我，那就麻煩了。」

「唉，真是的……」

模擬考成績這種小事，然厚早就忘光了。考試雖然讓他很憂鬱，沒想到這裡的情況竟讓人更憂鬱，他們又不是在參加什麼比誰更憂鬱的遊戲。在這種情況下要是丟下祖克離開，那可就沒臉繼續跟他稱兄道弟了。然厚一屁股重重坐回硬梆梆的塑膠椅，他的尾骨隱隱作痛。幹！他痛罵一聲。他聽見遠方傳來鞭炮聲，聲音既模糊又刺耳，像被鈍器敲到後腦勺，也像是一把匕首狠狠刺在心上。

原本坐在沙發上看著窗外的伊恩，突然起身準備出門。說好聽是準備，其實也只是把手機和錢包塞進口袋而已。他要去哪？不管問或不問好像都有些尷尬。距離然厚背著包包出門，有過三十分鐘嗎？在同一個空間裡待了三十分鐘，可不能說是一段短暫的時間。雖想一起做點什麼，卻沒事可做。兩人各做各的事，使得空氣裡瀰漫著一股尷尬。最重要的是，伊恩根本沒事能做。雖然民龍也差不多，但他畢竟還能找工作，也不能說是真的無所事事。民龍有氣無力地跟著伊恩到了玄關。

「路上小心喔。」

伊恩穿好鞋子，對民龍笑了笑。

「當然，我會平安回來的。話說回來，『會平安回來的』這句話聽起來真好。」

伊恩的喃喃自語在走廊上迴盪。會平安回來的、會平安回來、我去去就回，哈，到底該去哪呢……他的聲音漸行漸遠。

好安靜。跟考試院的安靜在本質上有些不同，該說是價值一百萬韓元的安靜嗎？不，是價值三十三萬韓元的安靜。不對，現在是二十五萬韓元的安靜了。民龍不自覺地計算起來，接著突然回過神來，拚命甩了甩頭，希望能把這個想法甩開。居然開始算起這種東西，難道是吃到祖克的口水了嗎？

「那就是每人每個月二十五萬韓元。管理費也分成四等份，這樣我當然好。」伊恩說他有意搬進來的那個晚上，祖克歸納出結論，簡潔俐落。

「真是一絲不苟。」伊恩先是有些驚訝，隨即又呵呵笑了起來。

然厚似乎不太開心。「喂，你沒醉啊？不對，你醉了，你一定醉了。居然沒有講生活費的事。」

說實話，民龍也不是沒想到錢的事。他們四個應該沒有人沒去思考錢的問題吧？但當伊恩問能不能搬進來時，祖克竟然劈頭就提錢，要說沒有因此影響到對他的好感度，那是騙人的。民龍是三人中的大哥，他對伊恩感到很抱歉，只好支支吾吾地說：

「他的意思是說歡迎你搬進來。」

像是要提高民龍這句話的可信度，然厚趕緊舉杯，四個馬克杯在空中相碰。喔，這可是幸運的四葉草啊！然厚誇張地指著杯子，另外三人新奇地看著杯子，彷彿是第一次見到四葉草。四人將杯子湊在一起，你一言我一語地說，這是代表他們的同居會帶來好運的徵兆，然厚甚至還從上面拍了一張照片。

對於房租壓力減輕一事，然厚跟祖克似乎都很高興，而比任何人都歡迎伊恩加入的，自然是當前經濟狀況最不樂觀的民龍。反正都要同居，三個人或四個人有差嗎？問題不是現在，而是以後。他必須在這個社區展開拆除作業前，趕緊想想其他解決方法。如果想解決未來的住宿問題，就得先找到工作。一想到這，民龍只能趕緊到沙發邊坐下，打開筆記型電腦找工作。

徵人的企業很多，現在正好是下半年的公開徵才期。以前只要到了這個時期，民龍都覺得很踏實。過去的他很樂觀，一心期待即使大企業錄取他的機會很低，但等四年制大學的畢業生都被大企業吸收後，就輪到比不上四年制大學的畢業生，去應徵那些沒那麼好的職缺，這模式一再輪迴，最後像他這樣的專科畢業生應該也有機會才對。於是他投了好幾間中小企業的約聘職，最後終於被一間公司錄取，只不過合約期滿就立刻被解雇了。

篩選掉大企業的公開徵才資訊、篩選掉要求四年制一般大學畢業生的工作、篩選掉財務會計或工程師的徵才資訊。原本以為這麼多企業之中，總會有一個地方需要自己，最後民龍還是失望了。他以為自己已經習慣了這種失望，但那只是他的錯覺。每當淘汰掉一個選擇，他的失望指數便會往上累積一點。

老實說，他最近也沒那麼努力求職了。至少在領失業補助這段期間，他不想去工作。只要假裝自己有在求職，就可以持續領失業補助，所以他都只是隨便填一下申請表，選一些應該有機會的地方去投履歷。即使有人指責他這是在詐領失業補助金、因而對他失望，他也無所謂。那又怎樣？他深深覺得，如果有人要罵他不知羞恥、跟小偷沒兩樣的話，還不如把力氣省下來，去汝矣島的國會或政府機關罵罵那些民意代表跟地方首長。

當約聘職那兩年，民龍拚命加班卻沒領到任何加班費，成天坐在電腦前面害他都有了烏龜頸。這樣認真的下場，只換來合約期滿不續約的通知。如果不想讓他轉正職，那至少讓他繼續當約聘嘛。這都是因為修法後，規定約聘職不能超過兩年的結果。立意良善，結果卻不良善。為了減少約聘職而立法，反而使大量約聘人員遭到裁減。至於制定這些法律的人跟他們的孩子，則是從來沒當過約聘職。

關掉原本看的求職網站，民龍開始看起另一個以打工為主的求職網，集中找短期兼職的工作。他決定先從兼職做起，再慢慢進行求職活動。在網站上翻看了好一陣子，民龍突然大叫一聲。就是這個！沙發檢測工讀！竟然有這種檢測沙發的工作？這不就是能試坐、試躺沙發的工作嗎？工作地點在京畿道，距離雖然有點遠，但相對的應徵者可能會少一些。他決定先試做一個星期看看，試做後如果不錯，也有機會繼續做下去，反正到時再來煩惱。工作內容是包裝、品質檢測、進出貨管理，還可以跟朋友一起上班。不用裝卸貨物，雖然只給最低時薪，但每天工作八小時，還提供午餐，沒什麼不好的。雖然沒有朋友能一起上班是有點可惜，但民龍相當滿意。他舉起手用力擠出肌肉，依稀能摸到自己害羞的二頭肌，就藏在柔軟的脂肪底下。哎呀，有這樣的肌肉應該夠了，反正又不用裝卸貨。

送出應徵簡訊後，民龍心情變得悠閒許多。距離應徵期限只剩三天，想必過幾天就會收到回覆。在那之前，他可以再慢慢找找看有沒有更好的工作。該不會連這個都應徵不上吧？不管怎麼想，他都覺得自己沒理由被拒絕。他年輕健康，還很愛沙發。民龍很喜歡自己屁股下的這張沙發，雖然沙發皮已經相當破舊，但要不是有這張沙發，他的身體該往哪裡靠？歐元又要窩在哪睡覺呢？民龍久違地感覺一股暖流從心裡流過，他往後伸出手，摸著歐元藏在胸口下方的腳。歐元喵喵叫地抱怨著。

等等，事情不可能這麼簡單，他至今從沒這麼好運過。這該不會是份很辛苦的工作吧？居然說能跟朋友一起上班，顯然這份工作很缺人，會不會是大家都因為工作太累而很快就辭職了？要有多累才會……想到最後，民龍又再度燃起希望。如果是這麼難找人的工作，那他肯定會被錄取，最慢應該一個星期後就能開始上班。先做做看再說，反正也沒什麼損失。就算只做一個星期，也能賺到下個月的月租了。再多做一個星期，就可以賺到生活費，這樣一來就會連續做三個星期、做一個月……民龍再度滿懷希望地靠著沙發，舉起雙手呼喊萬歲。接著他打了個哈欠，同時也聽見肚子餓到咕嚕響的聲音。是啊，來吃飯吧，得好好把身體養壯。

民龍起身，歐元也跟著站起來跳到地板上。牠喵喵叫了一聲，並走到自己的飯碗前靜靜坐下。牠的碗已經空了。

「哎呀，餓了吧？現在就幫你倒飼料，抱歉，對不起啦。」

民龍溫柔地哄了哄歐元，替牠倒了飼料。是啊，再累都要去做，他現在可不是一個人了，再怎樣也不能棄歐元不管。貓的壽命是幾年啊？聽說好像超過十年，好像還有貓活到二十歲。是啊，二十歲。就算是為了牠也好，接下來的二十年，有什麼工作就做什麼工作。民龍這次換用腹部出力，試著擠出腹肌並伸手摸了摸肚子，只是這次，他摸到的只有鬆軟無力的脂肪。

接下來幾個月，他要開始去賺錢了。民龍帶著輕鬆的心情，簡單地弄了頓午晚餐。吃完飯後，他一邊哼著歌一邊打掃，他很想把自動自發的打掃，當成是想在自己忙起來之前，為同住者犧牲奉獻的作為，但實際上他們開始同居後，打掃就一直是民龍的工作。一方面是因為他平日沒事可做，但最關鍵的原因還是歐元的毛。要是他不每天拿抹布擦地板，那不只會吃到貓毛，還會全身都沾滿貓毛。當然，民龍不在乎這點小事，但毛如果黏到然厚跟祖克的衣服上，那就是另一個問題了。民龍完全不敢想像歐元會因為貓毛問題，變成另外兩人出氣的對象。話說回來，歐元的身體這麼小，居然還能無止盡掉出如天文數字般的毛！如果從毛的數量來看歐元的產能，民龍遠遠比不上牠。其他的產能嘛，現在還不得而知。民龍滿足地看著歐元吃東西的模樣，歐元萬歲！

民龍的哼唱越來越大聲，幾乎已經到了吶喊的程度。既然興致來了，不如就再甩個頭。他一邊哼著連歌詞都不知道的曲調，一邊瘋狂搖頭晃腦，誇張的程度甚至可以拍成教學影片，上傳到影音網站教人如何甩頭。歐元吃完飼料，重新窩回沙發上睡覺，卻因為民龍的嘶吼而不時睜開眼睛查看狀況。真是平靜，這是價值多少錢的平靜？價值百萬韓元的平靜。不，現在是價值二十五萬韓元的平靜！

打掃完後，民龍想趁機洗個棉被，卻想到家裡沒有浴缸。他下樓去，期待著哪裡或許有洗衣機能撿。

這也是他第一次好好繞完整個社區。雖然建築物很老舊，樹木卻長得很茂密。法國梧桐的樹幹粗得他一個人也抱不住，另外還有好幾棵棗樹，嫩綠色的棗子結實累累。雖然時序已經進入秋天，氣溫卻依然如夏季般炎熱。黏膩的空氣緊貼在民龍身上，他走到中央廣場旁的藤樹下，在長椅上稍坐了會兒，感覺微風徐徐吹來。他拉了拉黏在身上的T恤，讓風能夠吹進衣服裡，吹乾肚子跟背上的汗水。

好安靜。從藤樹下延伸出去的羊腸小道，盡頭是座空蕩蕩的遊樂場。掛在公寓外牆與陽臺上的空調室外機轟隆作響，那聲音反倒凸顯了整個社區的寧靜。既悠閒又和平。這樣的地方若消失了，難道不可惜嗎？一再重複拆除、興建的模式，想必是資本掛帥的理論吧。比起回憶或平靜這一類的事物，握有資本的人更在乎的，想必是能讓自己更富裕的財產，而沒有資本的人則會遭到淘汰。一想到淘汰這個詞，民龍心底便升起一股難以言喻的感受。遭到淘汰這個說法，表示一個人過去曾屬於某個地方。這連帶證明了如果一個人連將要被淘汰的預感都沒有，就表示他根本不屬於任何地方。民龍很希望能歸屬於某處，那個某處，不會是極光公寓。這裡只是他暫時的停靠，不是他能夠落腳的終點。他的歸屬，打從一開始就不是用二十五萬韓元的月租便能打開的那扇門。

對了，洗衣機，現在可沒時間感傷了，得趁著天色還早盡快把棉被洗起來。在社區裡好好找一找，說不定能找到一臺。

身體好奇怪。像有人拿著尖銳的物品在挖著後腦勺，這是一種有別於宿醉的感覺。他明明可以待在家，為何硬是要出門？伊恩覺得待在那裡很舒服。從鑽石溫泉搬到公寓後，他終於能好好睡上一覺。睡在鑽石溫泉有時感覺就像睡在街頭。他得向不知名的他人公開自己睡覺的模樣，更無法完全放鬆。他能感覺到人們無聲的步伐及飄盪在空氣中的汗水。只要有人進出，躁動的空氣更是將附近都連帶席捲。最諷刺的是，這個想讓人徹底放鬆的空間，始終無法使人充分休息。伊恩喃喃自語，人生不就是如此？

他沿著步道緩緩朝牛眠山走去。從這裡登上牛眠山，入口處的樓梯是最大考驗。如果想踏在平坦的泥土路，得先通過密密麻麻的階梯。走完階梯，便來到洋槐休息區，接著是一小段平坦的山路。如果想去許願塔，得再爬一段階梯。雖然牛眠山的高度要稱之為山是有些尷尬，不過登上山頂，還是能收獲不錯的景色。

伊恩才剛抵達許願塔，便癱倒在長椅上好一會兒無法起身。本想試著從樹葉的縫隙看看天空，他卻不自覺閉上了眼。即使只是躺著，也覺得整張長椅在不停旋轉。他試圖扶住椅背，手卻一直抓不緊，手掌布滿汗水，整張臉汗如雨下。一陣冷風吹來，讓他忍不住縮起雙腿翻了個身。雖然氣象預報說白天氣溫會高達三十度，他卻冷得直發抖。那嘰嘰喳喳的說話聲忽遠、忽近，又變得越來越遠……

所以才要按時吃藥，血壓藥就是不能停。不對，如果想停藥，就得用運動取代。醫院都說一定要吃藥，可一旦開始吃藥就無法逆轉了……你還是吃這個吧。這好像沒有用農藥，可以連皮一起吃。剛運動完你就要吃？我是有一顆蘋果啦，還是你想要黃瓜……不過啊，那個大叔從剛剛開始就沒在動了耶。是睡著了吧？還是醉了？不會吧，聽說還有人會在河邊鋪張墊子就直接睡覺……他都不怕蚊子嗎？山上的蚊子很毒耶……

伊恩昏昏沉沉，不知道究竟過了多久，拿起手機一看，已經是下午了。登山時他沒有確認時間，不知自己究竟在這躺了多久。喉嚨好痛。他吞了口口水，感覺到喉結緊緊黏在舌根上。伊恩摸了摸長椅，什麼也沒摸到。他把背包忘在家了。住在鑽石溫泉時，那背包就像他身體的一部份。今天出門時還因為不需要背背包而開心，現在卻發現自己忘了帶水瓶出來。伊恩硬是用口水稍稍濕潤無比乾燥的喉頭。他渾身發冷，手掌大的陽光正照在對面的長椅上。伊恩好不容易爬起身來想走到對面去，卻一個踉蹌跌倒在地。

「您沒事吧？」有人走過來擔心地詢問。

那是一名看似跟伊恩年紀差不多的男子，兩人似乎曾在許願塔碰過幾次面。

「我看您從剛才就躺在那……」

男子把伊恩拉起來，扶他到長椅上坐下。伊恩以中指按著自己的太陽穴，雙手不住發抖。

「您的臉色……我想您該下山了。」

伊恩不停點頭。男子打開水瓶遞給他，伊恩以顫抖的雙手接過並喝起了水，細細的水柱從嘴角流下。

「您拿去吧，我沒關係。」

「謝……」

因為太渴，伊恩一時無法說出完整的句子。他突然有些害怕，這裡也沒有多高，頂多只能說是個坡，而且過去他每天都會來這裡散步，如今他卻覺得自己在這遇難了。

「要我陪您下山嗎？」

伊恩呆望著男子。這個人到底是誰？為什麼要帶我下山？我能接受這種好意嗎？我看起來有這麼可憐嗎？伊恩擺擺手拒絕。

「您真的可以嗎？」男子的眼裡滿是擔憂。

伊恩瞪大了眼，再次擺了擺手。不知是因為好意被拒而有些丟臉，還是因為避免了一件麻煩事而感到慶幸，男子沒有繼續勸說下去，直接起身離開。伊恩一直看著他，只見他離開時還回了個頭，一邊假裝咳嗽一邊離開。伊恩心想，無論他還是我，既然都是這個時間會來這裡的人，那應該都很清楚，兩個處境相似的人更該避開彼此。他們不需要一起感嘆自己的身世，因為只要面對彼此，就像是在照鏡子，讓他們更加看清自己的處境。他們都還需要一些時間，才有辦法接受這樣的自己。他知道，大家都這樣、都會被社會甩開，他只是覺得所謂的「大家」聽在耳裡實在很不甘願。即使大家都這樣，也並不表示這件事無所謂。

應該有辦法下山的，畢竟不是什麼懸崖峭壁，而是連老人都能獨自攀登的社區小山。伊恩收拾自己的心情，揮了揮手臂稍做伸展後便起身。他還能走，雖然依舊頭痛，喉嚨也很不舒服，但已經不像剛才只能癱坐在椅子上。以前還有過比這更不舒服的時候，他還不是去上班了。

他朝大成寺方向走去。那座寺廟位在藝術的殿堂後方，那條路比他上山的路更好走一些，而且只要走到寺廟所在之處，就可以叫計程車回去。

「大叔，你的臉色……」

伊恩才進門，民龍便立刻抓住他的手臂。伊恩能感覺一股溫熱從民龍的手掌心傳來。沒想到這炎熱的夏天裡，他竟會因感受到他人的體溫而愉快。他安撫似地拍了拍民龍的手，將他的手拉開，隨即靠坐到沙發上休息。總之，回到家了。他長長地嘆了口氣。深深吸氣、緩緩吐氣，就這樣，模糊的視線逐漸恢復清晰。

「你是不是中暑了？」

民龍一拿起冷氣遙控器，伊恩隨即阻止他，一口氣喝光民龍拿過來的水。民龍站在一旁，用雙手接過伊恩遞回來的空杯。這只是件小事，但有人替自己拿杯水來，看著自己把水喝完，又把空杯接過去這種事，為何卻帶給他久違的溫馨？他抬起頭看著民龍，只見民龍的臉逐漸模糊。

「發生什麼事了？」伊恩擺了擺手。

「是荷爾蒙的問題。老了你就知道，人一老，動不動就會哭。大家看連續劇時不都這樣嗎？」

話才說出口，他便覺得可笑。記得汗蒸幕裡那些穿同款制服的人，總會有些人在電視前哭。那幅情景像一齣戲，有時又像紀錄片。每次在看電視播出的《人間劇場》時，總有人抽抽噎噎的啜泣。他們總是用別人的悲劇讓自己短暫獲得安慰，藉此撫慰悲傷。伊恩一直以為自己跟他們不同，但其實，他似乎也沒什麼不同。此刻的民龍看起來就像他的兒子，這讓伊恩有些感動。

「你要躺一下嗎？」

民龍清出一個空間，伊恩從沙發起來躺在地上，感覺自己像一名病患。伊恩緩緩環顧這個家。天花板上的壁紙仍半垂在空中，應該掛著燈的地方則有纏著絕緣膠帶的電線暴露在外。牆面跟地板印有家具長時間緊貼而留下的痕跡，老舊的流理臺、攤放在角落的兒童餐桌。這樣的情景，很快會隨著拆除消失在世界上，也是他決定在公寓拆除前要與之共度的風景。想想也不壞。在這裡無論時間如何流逝，振幅都不會再擴大，雖然最終只會使他人生的振幅越來越小，但享受一段這樣的時光也不壞。

米飯燉煮的味道驅散了爬滿全身的寒意。伊恩聽見用湯匙翻攪白粥的聲音，不鏽鋼湯匙刮著鍋底的聲響摻雜著一絲平靜。疼痛在全身四處亂竄，像是要懲罰他今天出門亂跑。或許他一直很想大病一場也說不定。蓋著棉被、聞著粥的味道，一股甜蜜的無力感擄獲了他。媽媽很快就會來摸他的額頭了吧？伊恩的意識逐漸朦朧，彷彿回到小時候，那個乖乖躺在棉被裡，渴望獲得、渴望確認至親之愛的時期，他感覺有什麼東西從一邊的眼角滑落。民龍將粥盛入碗中，將碗放在小桌子上端了過來，擔憂地看著伊恩。

「我有乾眼症。」伊恩用兩隻手抹了抹眼角後坐起身，又補了一句：「謝謝。」

他不著痕跡地用棉被擦乾微濕的指尖，接過民龍遞來的湯匙。民龍靠牆斜坐了下來。被民龍看見自己的眼淚，讓伊恩感到無地自容，只好趕緊舀起一口粥往嘴裡塞，卻因為太燙又瞬間吐了出來。差點以為自己的嘴巴要破皮了。

「慢慢吃吧。」

伊恩朝那口粥吹了吹氣，才又重新放入嘴裡，接著他的視線突然停在正前方某處。只見電視旁放了一個東西，那是……？民龍順著伊恩的視線看過去，搔了搔頭，露出有些難為情的笑容。

「那是怎麼回事？早上還沒有啊。」

「是我撿回來的，我想你應該會喜歡。」

「在垃圾場撿的嗎？」

民龍支支吾吾。

「看來有人丟了些寶貝啊。但這也不稀奇，我也丟過，雖然不是我親自丟的……」

「不然是誰丟的？」

伊恩又吃了口粥，卻遲遲沒有吞下去，因為他想迴避這個問題，幸好民龍也沒有追問。

「那邊一〇八棟還有更多。」

「那次丟掉的應該有超過四千張吧，大概也是因為太多了，才會乾脆丟掉。」伊恩吞下嘴裡那口粥，用彷彿置身夢境的語氣說道。

「沒有啦，沒到那種程度，大概一百多張……」

「當時被丟掉的那些，是我花了超過四十年蒐集來的，幾乎都是正版。」

「啊……」

「我嚇了一大跳，跑下樓去時已經來不及了，全部被別人拿走了。那是我要搬離這裡時發生的事。」伊恩放下湯匙起身。「走吧！」

「要去哪？」

「你不是說下面還有一百多張嗎？」

「可是你應該先吃完這個……還是我去吧。」

「等我們回來粥剛好涼了，就可以吃了。」

丟下猶豫不決的民龍，伊恩已經走出玄關。

他們必須穿越廣場才能抵達一〇八棟。廣場上有個小小的市集，那是社區的週四市集。販售乾貨、新鮮海鮮、蔬菜的店家各自搭起了帳篷，另一側則是販售辣炒年糕、血腸與魚板的小型餐車。伊恩原本一副要直衝一〇八棟的氣勢，這時卻突然停下腳步，環顧市集的每一個攤子。

「油餅是星期二才會來嗎……」

他的聲音聽起來有些失望，接著又抬頭望向一〇六棟的某一戶。住在那間屋子裡的回憶，對如今的他來說，宛如遙遠的前世記憶。民龍站在他身旁，尋找伊恩視線停留之處。

「你知道……那邊有什麼嗎……」

「你認識的人住那嗎？」

「算是認識啦……」

伊恩帶著落寞的神情邁開步伐，民龍跟在他身後，還不時回頭看向一〇六棟。

垃圾場的一角，堆了許多黑膠唱片。

「哇，數量居然又增加了。這樣應該有五百張吧？我們要怎麼全部拿走？」

伊恩蹲坐下去，從中撿起一張查看。民龍在旁探頭探腦，試圖讀懂歌手的名字。

「真是稀奇，難道這個人的喜好跟我一樣嗎？這些都是我以前有的。」

「是因為這些歌原本就很有名嗎？而且既然你有四千張的話……」

「不曉得，可能吧。」伊恩一張一張拿起來翻看，有些不解地歪了歪頭。「殷維・馬姆斯汀，我去美國時在跳蚤市場買過這張唱片。我總共有七張，剛好這裡都有。」

「你說殷什麼？」民龍看了看封面。

「你知道什麼是瑞典的三大驕傲嗎？就是諾貝爾獎、阿巴合唱團跟殷維．馬姆斯汀，他的吉他速彈真的超神。你應該知道歌手趙容弼吧？」

「誰不知道趙容弼啊？這裡也有趙容弼的唱片嗎？」接過伊恩手上的唱片，民龍翻看著問道。

「趙容弼曾經因為涉嫌抄襲他而引發爭議。」伊恩拿起另外一張唱片給民龍。

民龍唸出專輯的名字：「〈火力昇天（Rising Force）〉。」

「第二首歌〈Far Beyond the Sun〉，你有空時聽聽看。」

民龍沒有回話，立刻上YouTube搜尋，他的手機隨即便傳出一陣驚人的吉他速彈樂聲。

「哼，就是因為能上網找，這個人才會把這些唱片丟掉吧。」伊恩無奈地咂了咂舌。

那些會上網找音樂來聽的人，有辦法體會戰戰兢兢地將唱針精準放在唱片上，是多麼迷人的一件事嗎？想到這，伊恩突然有些空虛，本想收手不再翻下去。但就在這時，一個東西令他眼睛一亮，那是披頭四的《寂寞芳心俱樂部（Sgt. Pepper's Lonely Hearts Club Band）》。只見塑膠套內的黑色墨水已經暈開，暈開處所印的字似乎是日期，又像是名字。是這張專輯嗎……雖然已經看不太清楚是披頭四還是殷維，但如果沒錯的話，墨水留下的應該是一九七七年十二月三十日。如果這堆唱片是他們搬家時，妻子擅自拿出來丟掉的那堆，那肯定是這個日期沒錯。那一年伊恩即將進入大學就讀，而這是他的生日。他停下手上的動作，仰著頭好一陣子沒說話。蹲在一旁不停翻看唱片的民龍，似乎查覺到氣氛不太對勁，便趕緊小步小步地向後退開，並試圖轉移話題。

送他這些唱片的人，去了太平洋的另一端留學，兩人便沒再見過面了。後來輾轉從其他人那裡聽說對方的消息，只知道他的身體變得很差，婚姻生活也不幸福，現在甚至不知道對方的生死。那是伊恩國中、高中、大學的同學。

伊恩拿起一張唱片站起身。

「不全部拿走嗎？」

「這張就夠了，我只需要這張。」

伊恩大步走開，民龍則拿起七張殷維．馬姆斯汀的唱片跟在後頭，期間還不時回頭看向那堆唱片。

到了晚上，伊恩變得病懨懨的。民龍趁伊恩躺著休息時，悄悄離開家門，再度前往一○八棟的垃圾場。

被撞球場解僱後沒幾天，便利商店也出了事，壞事總是接二連三，真是禍不單行。老闆事前一點消息都沒透露，直到今天才突然在夜裡通知所有店員，便利商店的老闆隔天就會換成別人。之前轉換成二十四小時輪班制，就是他為了讓便利商店能順利易手所做的縝密規劃。

「哪有人這樣做事的？」

「你是要跟我講法律嗎？那我們就按照法律來吧。」

「既然要按法律來，那要解僱員工，必須在三十天前通知吧？」

老闆扯起一邊的嘴角，要祖克聽清楚他接下來說的話。

「我看了監視器，發現一個很有趣的畫面。」

老闆先是環顧整間店，然後才以速度極為緩慢卻十分陰險的口吻說：「我本來沒想到你是這種人。就先不說喝醉遲到的事，你吐在店內的地板上，又在店裡還有客人的情況下擅自離開崗位，這就有點太誇張了吧？」

老闆很知道要怎麼說話，才能凸顯他那卑劣的個性。祖克一時之間也想不出任何話來反駁。

「你知道你不在的時候，店裡掉東西了嗎？那個女人很可疑喔。」

「……」

「她似乎知道哪些地方是監視器死角。她是常客吧？我也見過她。而且以前店裡就常遭小偷，是不是有點說不過去啊？你該不會是明知道她偷東西，還刻意包庇她吧？你們認識嗎？」

祖克腦中一片混亂。他無法判斷老闆究竟是真的懷疑他與小偷串通，還是刻意挑毛病讓情況對自己更有利。棒球帽女確實很可疑，所以每次她來店裡，祖克都會緊盯著她。當然，這不只是因為怕她偷東西。

「哎呀，反正都這樣了，我也不會再追究這件事，太麻煩了。我已經把店整間轉給別人，抽手不玩了。對方也不會繼續聘用你們，他說他們一家人就能輪班。」

老闆說這已經是他最大的寬容，叫祖克要懂得感激。祖克聽完老闆這番話，才終於理解老闆在打什麼算盤，以及前陣子硬是要把店轉成二十四小時營業的原因。

上完最後一天班回到家的祖克，看著民龍露出無力的笑容。

「哥，我現在是無業遊民了。」

正在陪歐元玩的民龍先是一臉驚訝地看著祖克，但很快便恢復平靜的表情。

「休學生跟無業遊民不一樣喔，無業遊民是我這種人。」

「哥，你沒有要找工作嗎？」

這次，民龍竟意外地以充滿自信的語調答道：「我找到啦！這次絕對沒問題，那是個很不錯的工作。」

「真的嗎？那太好了。什麼時候開始上班？」

「日期還沒決定，但應該很快就要上工了。」

「哥，恭喜你！工作地點在哪啊？」

沒想到民龍找到工作，竟會讓祖克這麼高興。自己被解僱了，民龍卻有了工作，真是接得剛剛好。但還是別因為這樣就以為世界很公平，其實就算兩人都有工作也不是什麼多了不起的事。而且兼職只要再找就有，正職可就不同了，所以祖克是真的替民龍開心，向他獻上了最誠摯的祝福。

「我打算先做一個禮拜再看看。」

相較於民龍的一派輕鬆，祖克卻愣住了。

「還有這種工作喔？」

「我看職缺上寫說這工作可以是一星期的短期打工，也可以長期做下去啊。」

民龍的表情不知多麼開心，祖克卻顯得有些慌張。

「哥，你是不是跟對方說你想先試做一個禮拜看看？」

「對。」

「那徵人期限已經過了，對方都還沒聯絡你，對嗎？」

「對。但我想一定會聯絡我的啦，他們又不需要什麼技術跟資格，只是檢測沙發而已啊，也不用裝卸貨，還能跟朋友一起上班，只是有點遠，不過我還是想去試試看。對了，你要不要一起？」

聽完民龍這一長串回應，祖克像是終於掌握狀況似地點了點頭。

「哥，如果你真的想做這份工作，那還是重新聯絡對方，跟他們說你願意長期做下去。

主動說只做一個星期的人，公司是不會錄用的。既然說可以跟朋友一起上班，就表示人員流動率很高。如果你是負責人，會願意選只做一星期的人嗎？如果是我，一定會覺得一直換人很麻煩而不選你。你把公司的電話給我。」

祖克立刻撥了電話過去。相較之下，只傳簡訊應徵便傻傻在那等對方聯繫的民龍，確實顯得非常不懂事也很不會想。也許就是因為這樣，才會年過三十還找不到工作。他人是很善良，但沒有公司會因為善良就錄用他。至少在這種問題上，民龍的道行還差得遠。找正職是一回事，但找兼職可要非常積極才行。必須積極嘗試，真的不行就算了，畢竟一個一無所有的人，可沒時間在那猶豫不決、瞻前顧後。

「是的，明天開始就能上班，想長期做下去。對了，那個，我想請問，徵人公告上說可以帶朋友一起去……對，三十二歲。好、好，謝謝。」

一掛上電話，祖克立刻對民龍露出微笑。民龍目瞪口呆，一臉不敢置信地望著祖克。

「明天開始上班！這種地方就是需要能立刻上工的人，徵才期限那種東西根本沒有意義。但我覺得這工作可能沒辦法做太久，因為離這裡太遠，又很需要勞力。」

「那還是別去了？」民龍像洩了氣的氣球。

「哥，你在搞笑嗎？現在不管什麼工作都得去做。你已經沒有失業補助能領，也不可能在找到正當工作前一直遊手好閒吧？我也一樣。就算不是長期兼職，還是必須立刻確保收入。我們又不像別人能定期領到生活費。」

祖克的果決感染了民龍，讓他也堅定了意志。

「那明天得早點起來，清晨就要出門了。」民龍挺直腰桿，大力點了點頭。

「沒錯！」

民龍突然認真地問：「可是你之前連一天都沒有休息耶。」

這次換祖克點頭。

「明天還得早點出門。」

「這也沒辦法，誰叫我有工作呢。」

「所以說啊，我們出去走走吧。」

「要去哪？」

「你沒有想去的地方嗎？那種一直很想去，但因為工作都沒辦法去的地方？」

祖克稍微思考了一下。他有想去的地方嗎？

「如果很近，倒是可以去一下。」

什麼地方叫遠，什麼地方又叫近？

「哥，那你有想去的地方嗎？你講的是怎樣的地方？」

民龍也無法立即給出答案。距離很近又是他想去的地方？雖然他也不太清楚所謂的「很近」究竟是多長的距離。

「哥，你為什麼想搬來這啊？」話鋒一轉，祖克像是現在才有空去思考這個問題似地，突然問起民龍搬來這的原因。

「我喔？我是因為歐元，被原本住的考試院趕出來啊。你知道吧？我在撞球場偶然……」

「那天你離開撞球場時，我盯著你的背影看了好久，因為我想說你是住在江南的人。」

「……」

「而我會看著你，是因為也很想住在江南。雖然這裡是快被拆除的公寓，但如果不藉這個機會體驗住在江南的滋味，我想這輩子肯定跟『江南的公寓』無緣。我之前聽說靠我的月薪，要不吃不喝八十年才能買得起江南的公寓。不過我相信，房價現在肯定又更高了。」

祖克說這段話時臉上雖沒有笑容，卻也不是愁眉苦臉。

民龍先沉默了一會，才緩緩開口：「……既然如此，這附近有個社區住戶常去的地方，要不要去那裡？」

「是哪裡？百貨公司嗎？」

「拜託，我們又不是沒事愛逛百貨公司的婆婆媽媽！然厚現在是在準備考公職才沒時間出去玩，不然你以為他以前住這附近時都在哪混？」

聽民龍這麼一問，祖克立即意識到他們要去的是哪裡。

從剛剛開始，然厚便陷入天人交戰，究竟是要乾脆離開教室，還是繼續聽課？這把年紀了還為了讀書，強迫自己在椅子上坐好幾個小時，實在是煎熬至極。但話說回來，坐在前排的那個人，年紀少說超過三十五歲了吧。看他堅持著認真上課的模樣，讓然厚也硬是按捺住蠢蠢欲動的屁股，要自己再撐一會兒。

臺上的講師明明已經戴了麥克風，講課語調依然聲嘶力竭，要是坐在第一排，肯定會被他的口水噴滿臉。記得有一次，然厚想也沒想便選了第一排正中央的位置，後來整堂課他都不停回頭，希望能找到一個後面的空位換過去。因此，看著那名老同學現在正接受如瀑布般的口水洗禮，然厚不禁有些安慰，不是只有他一個人受過這種特殊待遇。這是他第三次修這堂課了，講師在課程初期那些吹噓的大話他也聽了三遍，幾乎都要背起來了。奇怪的是，這些不會出現在考卷上的內容，他都記得清清楚楚。現在講師正在瞎扯的故事，或許也是因為與考試無關，才讓他只聽過一次就牢牢記在腦海裡。

講師總是以「各位，補習費就是一種投資性、經常性的支出」，作為這段胡扯的開場白。當年的然厚嗤之以鼻地想，這個人在講什麼啊，每個公職考生當然都是在替未來投資。那些自己花錢來補習的人就不用說了，即使是啃老族，也是為了投資未來才來上課。而且這種投資還有機會成本，這點道理不用別人說他也很清楚。講師這番話重複到第二次時，音量甚至更大了。一旁的人轉頭看向然厚，然厚豎起大拇指並做了個鬼臉。

「那，究竟要怎麼區分投資性支出跟經常性支出呢？」講師又問。

坐在前排的男同學以響亮的聲音答道：「考上就是投資性支出，沒考上就是經常性支出。」

沒有人笑。

另一位男同學咯咯笑說：「有虧就是投資支出，沒虧就是經常支出。」這次有幾個人也跟著笑了。

區分的標準是「努力」，講師說。說到「努力」兩個字時，還刻意加重語氣。後座有個人哎了一聲，隨即起身離開教室，然厚還聽見他小聲抱怨，怎麼什麼阿貓阿狗都把「努力」掛在嘴上？

真嗆。如果「努力」卻落榜了，那算是什麼投資？畢竟落榜就表示投資無法獲得任何回報。而一直到這個時候，然厚都還相信自己只要花個一年好好準備，至少能考到最低階的九級公務員。他心想，無論是地方縣市級公務員還是國家級公務員，總有個地方會錄取。不過就是當個負責處理謄本申請的區公所員工，有什麼難的？他不知道哪來的自信，深深相信那些人都能考上，自己沒道理考不上。

講師繼續說，不「努力」就不可能考上。只要不努力，即使是首爾大學的學生都會落榜。像這次也有首爾大的學生落榜，而且考的還不是較難的七級，而是九級。但那個誰啊，那個讀三流大學的人卻考上了。我知道他，就是那個每天最早來最晚離開，幫補習班自習室開關燈的人。怎麼？聽我說他讀的是三流大學就不開心啦？管你讀的是首爾大還是三流大，都忘了吧，那些都沒用啦。就當大家現在是脫光光進澡堂，一律平等。

講師一邊說一邊噴著口水，四十一滴、四十二滴、四十三滴……角落有個人出聲抱怨，要講師趕快繼續上課。然厚戳了戳身旁的人，看著對方笑了一下。對方有些慌張，露出一個有些尷尬的笑容回應。這堂課結束時，然厚一邊整理教材一邊問：哥，你喜歡喝啤酒還是喝燒酒？那個他搭話的對象就是民龍。

講師每年都會重複同樣一段話，連用詞都不換。好笑的是，所有學生的反應也都一模一樣，只是今天沒有當時的「民龍」，然厚也必須選擇他是要繼續坐在這上課，還是要一鼓作氣離開教室到外頭閒晃。他今天的位置實在太差，不太適合離開教室。他意外坐到三人座中間的那個位置，如果想出去，就得經過那個戴著厚重膠框眼鏡的女學生。

然厚一直在胡思亂想，根本沒把上課內容聽進耳裡。離開？不離開？他在心裡反覆思量了數十次，接著又想到離開後要幹麼？要回家嗎？除了回家還有地方能去嗎？可以找誰碰面？每一個疑問都無法立刻給出答案。住在鷺梁津時，還能去附近的考試院找民龍殺時間，但現在狀況不同了。再加上祖克前幾天被撞球場開除，現在下午也會待在家，要是回家就得看祖克的臉色。如果是祖克，絕對不可能缺席任何一堂課吧。雖然他打從一開始就不可能繳昂貴的補習費來補習，但如果他有機會補習，肯定會去計算缺席一堂課，會導致一分鐘損失多少錢，他會把這些損失也當成機會成本。

跟他一起在撞球場待到下班才回家那天，祖克哭了。那天晚上，大家準備了一桌溫馨的飯菜迎接他們回家。不，是迎接祖克回家。伊恩跟民龍就像媽媽跟爸爸，看著祖克坐在桌旁吃飯。祖克哭著舀湯、盛飯、吃肉，接著開始講自己有多委屈，一邊大哭著用手擦眼淚。然厚的確是提前通知了兩人，但他不知道民龍跟伊恩竟會準備這樣一桌飯菜，連然厚都被兩人感動了。

「趁這機會好好休息吧。休息一下也沒關係啦，人生還很長。」

伊恩安慰地拍了拍祖克的背。

「對啊，休息也沒關係啦，又不是只有你在休息。」

雖然是句玩笑話，但也許是因為出自然厚之口，竟讓氣氛變得有些奇怪。伊恩跟民龍突然露出像是吃到蟲子的怪異表情。民龍像是要立刻把吃進嘴裡的蟲子吐出來似地，開口說道：

「對啊，你就好好休息，我就別再休息了。一個家裡面有三個人在休息，這樣實在太奇怪了。」民龍嘗試緩和氣氛，卻讓情況變得更糟。

「奇怪，怎麼會是三個人？祖克上午還有打工吧？」

然厚說完，正在啜泣的祖克才破涕為笑。

「我現在也要開始工作了。」

「真的嗎？」

奇怪，民龍說要去工作，那是好事，應該要恭喜他才對，然厚卻突然覺得自己被背叛了。現在連民龍都找到工作，那我該怎麼辦？祖克本來就是拚命三郎，也可以申請復學回去上學，不太需要擔心沒事做。而且就算把祖克扔進沙漠裡，他想必也會靠一己之力挖出綠洲來，根本不用擔心。然厚一直相信民龍跟自己是同一種人，現在就連他都找到工作了，那失敗者不就只剩下自己了嗎？

啊，真是的！然厚莫名生起氣來，讓隔壁的女同學忍不住瞥了他一眼。哎，氣死人了！乾脆離開教室好了！

走路到江南站要十分鐘。這段距離明明不長，卻花了這麼多時間。下午的江南站繁忙得令人暈頭轉向，路上的人實在太多了，跟鷺梁津的景色截然不同。這裡的女生過分漂亮且華麗，男生也不惶多讓。但他們為何都這麼匆忙？大家都是從某個地方來到這，正趕往某個目的地嗎？又為什麼有這麼多拉著行李箱的人？行人的穿著眼花撩亂，如河水般朝同一個方向前進。不對，也有少部分人往反方向移動。民龍與祖克就這樣被兩道巨大的水流沖刷，任自己四處漂流。這條街上服飾賣場、咖啡廳、整形外科、補習班一應俱全，卻沒有人停下腳步。每個人都不停朝某個地方移動，彷彿只有他們兩人沒有目的地，也跟不上人們的平均速度。後來居上的人會拍拍他們的肩，請他們讓開並快步超前。他們成了不能落後湍急水勢的水滴，不知不覺間也加快腳步，轉眼已經來到了新論峴站。

「現在要去哪？」站在教保文庫前，祖克問民龍。

「先過馬路吧。」

祖克像是唯恐失手鬆開媽媽衣角的孩子，緊緊貼在民龍身旁。走過長長的斑馬線，再度往江南站方向前進。街道上依舊林立著服飾賣場、咖啡廳、整形外科與補習班，其中還穿插了幾間美髮沙龍。

「哥，你那顆頭可能要想想辦法了。」

「我的頭很怪嗎？」

「你覺得沒問題嗎？有些事情還是得求助別人的。」

民龍舉起手撥了撥自己的頭髮。

兩人走進美髮沙龍，一名穿緊身衣、頭髮染成綠色的男子迎上前來。兩位是第一次來嗎？對，我們第一次來。今天要做什麼服務呢？想剪髮。有指定的設計師嗎？沒有。現在可能要等三十分鐘，時間沒問題嗎？我們最多的就是時間……經過一連串讓兩人感到無比複雜的詢問後，他們終於坐上等候區的沙發。一名職員過來，手上拿著有模有樣的價目表，詢問他們想喝什麼飲料。兩人本想拒絕，沒想到這竟是免費供應的飲料。最後他們點了卡布奇諾，因為比美式咖啡更貴。

價目表有好幾頁，一張寫著飲料、一張寫著燙髮，另外一張寫著染髮、剪髮與化妝的價格。這樣分門別類的價目表，完全不輸高級餐廳的菜單。雖沒去過高級餐廳，但菜單這種東西，他們也只有在連續劇中看過。

兩人翻看著價目表，燙髮真的很貴，染髮也貴得不得了。民龍用手指著上頭的價格，兩人交換了一個驚訝的眼神。燙髮跟染髮就算了，重點是剪髮。祖克手指著剪髮的價格，老天爺啊！居然要三萬韓元！

這時，職員送來了他們點的卡布奇諾，兩人接過杯子，卻不知該如何是好。點這杯飲料前，應該先確認價目表的！民龍正想把杯子送到嘴邊，祖克立即使了個眼色制止他。哥，你一喝就走不了了。要走嗎？現在要走嗎？不然你要付三萬韓元剪頭髮嗎？兩人只靠眼神完成了以上的對話。

兩人手裡捧著杯子，喝也不是，不喝也不是。他們環顧整間美髮沙龍，與他們同年的一對男女正並肩坐在一起，看著鏡中的對方聊天，可能是情侶吧。男的在染髮，女的在燙髮，兩人坐在那裡，一口氣就花掉三十五萬韓元。三十五萬韓元！祖克見民龍放下杯子，便也跟著放下手中的杯子。

他們兩人起身，雖然意識到櫃檯員工的注視，卻還是趕緊走出了美髮沙龍。丟臉是一時的，消費金額帶來的打擊卻持續很久。

兩人逃亡似的離開美髮沙龍，一路跌跌撞撞來到火車站入口。十一號出口旁的臨時舞臺上，有許多觀光客正在拍照。他們站在設有「江南ＳＴＹＬＥ[9]」看板的舞臺上，彷彿當場就要跳起ＰＳＹ的騎馬舞。怎麼現在還在模仿ＰＳＹ？也是啦，ＢＴＳ的舞太難了。

「要拍個照嗎？」

拍照這個提議似乎讓民龍有些難為情，他以腳尖敲著地面，試圖緩解自己的尷尬。祖克掏出手機對著民龍，把民龍揮著手要他別拍的模樣連續記錄了下來。民龍像是要復仇一樣，也掏出手機來反拍祖克。兩人就這麼一邊閃躲著拍下彼此的模樣。祖克嚷嚷著一定要拍照留念，便勾起民龍的肩膀自拍。雖然兩人都有些尷尬，臉上的神情分不清是笑容還是憂愁，但他們依然想拍照留念，記錄此時此地的我們。

拍完照後，兩人再度失去目的地。這條街上彷彿在舉辦消費文化尖兵的閱兵大典，每一位尖兵都堅守自己的崗位，只有民龍與祖克無處可去。如果是在這當個身扛廣告看板的三明治人，或許就不會那麼突兀也說不定。這樣的怯懦、不和諧感令兩人頭暈目眩。他們一句話也沒說，心裡卻都明白，是時候離開這一帶了。高樓大廈玻璃外牆反射的陽光刺痛著兩人，只是他們痛的不是眼睛而是心。

兩人敗興而歸。回到家後，民龍穿著內褲站在鏡子前，把剪開來的塑膠袋圍在脖子上。

「只要別剪到我的耳朵就好。還有，剪瀏海時絕對不要對齊眉毛。」

「哥，這剪刀是哪來的？」

「我買的，如果想賺回本，就要多用幾次才行。」

「你又不會剪髮，幹麼買啊？這不貴嗎？」
「很貴啊。整組剪刀長得奇形怪狀，卻要七萬九千韓元耶。我本來是想買兩千韓元的鼻毛剪才上網找，結果買了這把。」
祖克用雙手夾起民龍的頭髮，開始比對左右兩邊的長度。
「怎樣？還行嗎？」
「請不要跟我說話，我會剪歪。」
民龍緊閉著眼。當感覺到剪刀在後頭喀嚓喀嚓運作時，他會短暫睜開眼，隨即又緊緊閉上。祖克接著換上打薄剪，試圖將民龍的頭髮修整得更像樣。喀嚓喀嚓的剪刀聲在浴室裡繚繞。
「剪好了。」
民龍緩緩睜開眼。
「喂！你找死喔！」
客廳哩，歐元正喵喵叫個不停。浴室裡，民龍一把搶過剪刀，硬是把塑膠袋圍到祖克脖子上。
如果YouTube上出現一個影片，說在路上散步時看到真人版阿呆與阿瓜，那影片主角

9 韓國歌手PSY的熱門單曲，以招牌動作「騎馬舞」著稱。

百分之百是民龍與祖克。此刻兩人走在路上，手不停撥著自己的頭髮。

「我們是不是不該出門啊？」

「為何？沒事啦，很快就會習慣的。」

見民龍說得一派輕鬆，祖克噘著嘴撥了撥頭髮。

「這是伊恩大叔告訴我的，說這條路會通到那邊的沙坪路。你不知道沙坪路吧？總之，往那邊會通向很遠的地方，往這邊則是連接到南部循環路。我們就先走到那邊吧。」

「附近居然有這樣的地方？我在這住了好幾個月都不知道。」

他們沿著右側的隔音牆在步道上走著，不知不覺走進兩側都是高大樹木的僻靜小徑。午後斜陽在樹葉的縫隙間搖曳，鳥鳴聲夾雜其中。奶奶守著的鄉下老家可沒有這樣的步道，那裡只有鄉間小路，再不然就是產業道路。整天都在勞動的鄉下人從不散步，因此所謂的散步，是只在城市盛行的高級休閒。夾在公寓與高速公路間的泥土路十分幽靜，也讓人明白原來房價代表的不只是房屋本身的價格，還包括住在那屋子裡所能享受的周遭便利設施、風景，以及入住其中帶來的驕傲。形塑那份驕傲的事物清單中，肯定也包含這條步道，所以即便是衰敗的老公寓，價格仍是城市外圍新屋的好幾倍。祖克走在民龍身後，仔細一看，才發現他後面的頭髮沒有對齊。他想著之後得再替民龍修剪一下，但這樣是不是會讓頭髮更短？

「要不要去運動一下？我已經不記得上次運動是什麼時候了……」

種著野花的花圃另一側設置了幾樣運動器材，民龍慢條斯理地走過去，坐在上半身用的運動器材上，後頭的祖克則站到扭腰用的器材上。兩人一邊回想著上次運動的經驗，一邊動起了身體。

「我上次運動，已經是在軍中踢足球時的事了。」

「哇，太誇張了吧！住在鷺梁津時都沒去運動嗎？」

「哪有時間？而且要去哪運動？」

「那邊有個很大的公園啊……呼哈……呼嗚……運動器材很多，還有足球場。」民龍深吸了口氣將器材舉起，再吐氣放下。

「我根本不知道有那種東西。」

「運動跟勞動不一樣。勞動會榨乾身體，喝呼……呼嗚……不會讓身體更強壯。」

「哥，那你有去運動嗎？」

「我只去過一次。」民龍難為情地說，「因為我太懶了。」

他接著換去旁邊的另一項器材，開始轉起附在上頭的大輪子。

「這個能運動到哪裡啊？」

民龍一把放開了握柄，輪子因為慣性，還在繼續轉動。

「可以讓老人活動肩膀。」

祖克咯咯笑了起來。「拜託，這是能運動到什麼啦？只不過是扭扭腰而已。我們走吧。」

步道結束在與南部循環路的交界處。民龍似乎早已決定好目的地，毫不猶豫地往右轉。

「你要去哪？」

「我要去做一點除了吃、睡、買衣服之外的事情。」

「我們剛才不是運動了嗎？」

「就說那不叫運動了啊！」

迎著西下的夕陽，他們來到藝術的殿堂。祖克從來是只聞其名，卻沒來過這裡，民龍也是。從遠處看過來，歌劇院的紗帽造型屋頂確實有些可笑，但他們都沒說出口。民龍在探索頻道一百三十周年紀念展覽的布條下停下腳步。

「來看這個吧。」

祖克首先想到的是門票錢的問題。

「門票錢我出！」

祖克一把抓住正要衝向售票處的民龍。

「哥，今天快閉館了。」

「還有時間啦。」

「這樣太不划算了，不如去做其他事情。」

「其他？其他的什麼事？」民龍一臉失望，視線在售票處與祖克之間來回。

「像是去那種有鬆軟椅子的咖啡廳啊。我不是說學校前面或鷺梁津這些地方都有的咖啡廳，那種高級一點的地方。」

「剛剛就說不要吃東西了嘛。」

「又不一定要吃東西才能進去。」

祖克表情十分迫切，民龍不想繼續跟他吵，兩人便決定去高級咖啡廳裡坐坐，改將展覽的門票錢拿去買咖啡。咖啡廳內，民龍拿起咖啡杯，緩緩品味香氣，祖克也有樣學樣。其實這味道就只是咖啡香，不必特別拿起杯子來聞，咖啡廳裡也充斥著這股味道。

「我們喝完這個要幹麼？」

「你想幹麼？」

「……想做那種做也可以，但不做也可以的事情。」

「……」

「因為我總是被逼著要做事，而且就算是被逼的，我也還是很認真。所以我想去做一些不是我不能做，而是我沒去做的事情。」

「你這傢伙，意外地有點難搞耶……」

兩人靜靜啜飲咖啡。不是不能做，而是沒去做的事，他們竭盡全力思考，那會是什麼。

「走吧，我有個很棒的想法。」

民龍要店員幫忙外帶剩下的咖啡。祖克滿心期待地跟在他身後，又有點捨不得咖啡廳的環境，依依不捨地回頭看了剛才的位置好幾次。

藝術的殿堂占地廣闊。雄偉的建築、大大小小的廣場、開闊的階梯，規模之大超乎想像。兩人緩緩爬上階梯往噴水池走去。那些悠閒地坐在露天咖啡座的人，都有著光鮮亮麗的整潔打扮。這裡的氛圍，是祖克絕對無法熟悉的氣氛，說不定民龍也不行。兩人拿著咖啡四處走走看看，在緩慢的前進之中，享受隨音樂起舞的水柱、歌劇院的雄偉、國立國樂院前庭的靜謐，以及紀念品店小巧可愛的商品。某些人的日常，成了他們的特殊體驗，時間就這麼輕巧地流逝。

「話說，大叔去哪了啊？我還以為他在家呢。」

「我也想知道。他之前常去登山或亟兀商會，但最近好像改去其他地方了。」

「一離開家就要花錢的說。」

祖克雙手捧著在他們對話時已經涼掉的咖啡。

明明說好中秋連假休息，卻要他們其中一天到工廠加班，到底是什麼意思？雖然公司說會給連假加班費，民龍依舊很不情願。要不是伊恩回江北的家了，民龍絕對會死撐著不去加班。最倒楣的是，他竟然抽到中秋當天要去上班！不知是不是身體也感應到連假到來，光想到明天要出門上班，就讓民龍加倍疲勞。做這份工作也有一段時間了，他的身體依然不習慣。不對，應該說身體在某種程度上已經習慣，他的心卻始終無法安定下來。

首先，這份工作太辛苦了。最初只是被沙發檢測這個少見的用詞迷惑，想也不想就應徵，沒想到真正辛苦的是要搬動沙發這件事。徵才公告明明寫著不用裝卸貨，實際上卻是「只」不用裝卸貨。他實際的工作是一整天不斷搬動沙發，一下搬到這，一下搬到那，而且工廠還真的很遠。有別於民龍預期，接駁巴士的終點站在火車站跟工廠之間的某處，他還得自己走一大段路到工廠，光是通勤上下班就筋疲力盡。

祖克這傢伙倒是很了不起，他從不偷懶。民龍偶爾還會以抽菸為藉口偷溜出去一陣子，祖克卻總是以速度適中的動作，像機器一樣不停運轉著。如果要說誰能具體代表始終如一這幾個字，大概就是工作中的祖克了。甚至就連他說要辭職時，辦公室都還特地把他叫去，試圖說服他留下。民龍非常討厭他們這樣。祖克又不會一輩子都在這上班，老實說，誰會想一輩子在這上班？人家還要準備復學，甚至都還沒正式進入過就業市場，工廠這些人竟然沒有對他提出任何未來展望，只是用盡辦法想先把他留下來。

民龍推了祖克一把。

「在這裡做太久會把身體搞壞，到時候就無法復學囉。」

「我也正在想這件事。」

「不要想了，辭職吧。」

「那你呢？」

「我也得想辦法找其他出路啊，在那之前得先撐著。」

民龍心裡覺得這麼說不太好意思，但能在這種地方撐很久的大多是移工。他認為至少自己比移工有利，隨即又覺得似乎也很難說。一整天下來，他對自身處境的想法會數度反覆，但每當看見堆積如山的工作，又會回過神來。民龍忍不住嘆了口氣，看著眼前等著他處理的工作，便覺得喘不過氣。雖然早已有所覺悟，但現實總是超乎他的想像，不過這其實也沒什麼。要說這裡唯一的好處，那就是下班準時。只不過一想到之所以能準時下班，是因為他實在沒有餘力再做下去，就不免感到悲傷。下班路上，民龍總是頭靠在車窗上打瞌睡，一回到家便立刻躺平。別說找其他工作了，他連根手指都不想動。

民龍跟祖克常開玩笑說，要不是伊恩幫忙準備飯菜，他們肯定早就不堪負荷。還說伊恩就像媽媽，不是像爸爸，而是像媽媽。伊恩不在時，他們還會私下稱呼他「伊恩媽媽」。自己竟會喊出「媽媽」兩個字，讓祖克感到十分神奇。就算只是開玩笑喊喊，他還是五味雜陳。

民龍開始上班後，就改由伊恩負責打理家中環境。他不僅負責採購、做飯，甚至還負責打掃。雖不能說做得很好，但很用心。這樣的人為何會離開家呢？他們實在問不出口。現實總是超越想像，真害怕會聽到難以承受的答案。一個生活正常的上班族，退休後居然只能窩在這裡，那他們這些生活不正常的人，未來又得面對怎樣的老年生活？——能越晚面對這樣的恐懼越好。

民龍盯著自己越來越長的腳趾甲，那是食趾。早已壞死發黑的大腳趾趾甲，依然掛在那晃啊晃的沒有脫落。應該很快就會脫落了吧。對比那種在一聲驚呼之間就可能手指斷掉、手臂被機器捲進去，甚至全身都可能遭殃的工廠，區區的腳趾實在算不了什麼。即使民龍這樣安慰自己，每當看見自己的腳趾時，還是忍不住有些憂鬱。

無論怎麼想，都覺得不可能在這撐太久，這種辛苦又沒有未來的勞力工作，確實是立即就能找人取代的職缺。光是這間工廠，就幾乎每個月都有人辭職、到職。有很多人嘴上說會做很久，結果隔天就不見蹤影，還有些人說自己實在做太久了，隔天便一聲不響搞消失。真要說起來，這份工作的辛苦程度，僅次於民龍十年前做過的拆除工。記得當時他做完兩天清除碎裂廢建材的工作後，身體整整痛了四天。當然，拿兩天的臨時工來跟領固定月薪的勞工相比，還是有些說不過去。

有沒有不需要用勞力的工作呢？要改去做用腦的工作嗎？但用腦的工作門檻太高，他不就是進去過又被趕出來了嗎？還是他誤會了？之前那份工作其實只需要用到手指，畢竟當時主要的工作內容就是坐在電腦前處理一些小事。最棒的工作果然還是用錢賺錢，這畢竟是個資本主義社會。錢。歐元啊，你在錢這方面幫幫我吧，歐元也好，美元也好。民龍抱著歐元，昏厥似地躺在沙發上。祖克很快就會回來了吧？該做飯了，今天該由我來做……民龍一下就昏睡了過去。

鷺梁津的氣氛似乎有些不同，光是站在櫃檯就能明顯感覺到差異。無論是容光煥發還是陰鬱昏沉，總之，曾經瀰漫年輕氣息的這條街道，一進入中秋連假便不再獨特。大家返鄉的返鄉，只剩下無處可去或不想出去的人。除了當地居民，此刻留在鷺梁津的人都有個明顯的特徵。他們的表情或肩膀與其他人有微妙的不同，緊張感爬滿他們鬆垮的肌膚，頭也呈現微微下垂的角度。

才過一個月，祖克又回到之前那間便利商店上班了。當初他為了以防萬一，留了新老闆的聯絡方式，結果真的派上用場。要靠家人輪流值班說起來簡單，實際做了一個月就舉手投降。祖克重新回到店內當平日兼職，周末偶爾也會被叫去代班。而連假這四天，他則負責橫跨上下午的白天班。雖然連假沒什麼事，老闆不太想找兼職人員，但他們一家人要返鄉，無奈之下也只能請人來顧店。

便利商店難得清閒。祖克不如平時那麼忙碌，不停搜尋音樂播放，還悠哉地喝了杯咖啡，這是近期他第一次覺得自己時間很多。從便利商店下班後，他會跟著下班人潮一起回家，回家路上也會想著現在誰在家裡。通常第一個到家的都是祖克，沒多久民龍也會滿身大汗的進門，然厚的回家時間則不太固定。伊恩似乎是出門散步後，就會一直待在家裡。

在民龍辛苦搬回一堆黑膠唱片後，伊恩便弄了臺簡單的黑膠唱盤回來。不知伊恩是不是聽了一整天的音樂，祖克回家時，看到有幾張黑膠唱片散落在地上，都是祖克根本不認識的音樂人，也是他首次實際接觸到黑膠唱片跟唱盤。老實說，他是第一次接觸到與音樂有關的機器。黑膠唱盤就不用說了，他更從不曾擁有過唱片播放器或ＭＰ３。更何況這些東西在祖克成長的年代，都已經是快被淘汰的老古董。祖克只有在便利商店打工時，才會積極播音樂來聽，但由於那不需要他慎重挑選，只要選擇一種類型，系統就會自動一首首播放出來，所以從某個角度來看，他依然是被動聽音樂。今天則是例外。

他要在便利商店打工到什麼時候？不對，是他必須打工到什麼時候？不知從何時起，祖克不再像以前那樣計算了。過去，他每天都會按計算機，算自己得在什麼時候存多少錢才付得起註冊費，得先存多少錢，才能讓自己在學期中只靠一點收入也能活下去。這個一再確認的習慣如今已經消失。但也不是完全消失，而是反正現在還得算月租、管理費跟生活費，於是過去每天都會計算的事，現在減少到一個月只算兩、三次。

他還有另一個重大的改變，他的生活多了一項過去沒有的支出項目，那就是零用錢。祖克現在偶爾會買咖啡來喝，也會花錢看付費網漫。他覺得這就像是用少少的金錢，替自己的生活上點潤滑油。比起徹底斷絕所有慾望，這樣的生活確實更令人心動。他後來才知道，原來自己也有慾望。雖然他很怕自己過去壓抑的欲望，會因此不識相地冒出頭來，卻又因為只花了區區那幾萬韓元，就讓自己彷彿置身新世界感到有些可笑。他的慾望還真是純樸。祖克啜飲了一口依然溫熱的咖啡，含在嘴裡細細品味。那是金錢的滋味。是甜中帶鹹，價值一千三百韓元的滋味。他又開始想，究竟該打工到何時，他真想擺脫這個想法。就在這樣的循環之中，下班時間來到。

推開家門走進屋內，迎接祖克的，是白飯的氣味與排出水蒸氣的聲音。他沒看到民龍，這表示家裡只有他一個人。搬進這間房子後，他從不曾獨自在家。他總是最早出門、最晚回家，最近雖然開始比較早回來，但家裡都有伊恩在。這樣孤寂卻悠閒的夜晚，該做點什麼才好？祖克在家裡走了一圈，發現被放在客廳角落的自黏拖把。好啊，難得悠閒，來清理一下貓毛也不錯。他拿起自黏拖把，都還沒滾，上頭就已經黏滿了貓毛。於是他撕下已經黏滿貓毛的那一層，放在地上滾了起來。仔細想想，比起拿來黏灰塵，自黏拖把更讓人覺得麻煩的部分，反而是撕下已經黏滿灰塵的那一層紙。

歐元坐在沙發上盯著祖克。

「喂，這些都你的毛啦！你怎麼那麼會掉毛啊？今天叔叔幫你清乾淨囉，以後你要自己清喔，知道嗎？」

祖克吃吃笑了起來。是因為這樣，大家才會想要養貓養狗嗎？為了在獨處時有個說話對象？

「要再來點飼料嗎？你可以吃那麼多嗎？會不會被爸爸罵啊？」

祖克拿著歐元的碗，從袋子裡舀了滿滿一碗飼料出來，歐元隨即以極為厭倦的姿態走下沙發。歐元吃飯時通常不會太激動，是因為牠從沒體驗過食物被搶的感覺嗎？這時候就好羨慕歐元不必跟人競爭。祖克看歐元吃東西看了好一會兒，才往陽臺走去。既然都動手了，不如就順道幫忙清個貓砂吧。民龍應該是真的又忙又累，才會沒注意到貓砂都已經用光了。也沒關係，反正總會有因應的辦法。祖克看向不遠處遊樂場的沙坑，那遊樂場似乎已經失去原本的功能，沒看到任何小朋友在那玩耍，鬆軟的沙子鋪在那還真是浪費。

「你在幹麼？」民龍提著塑膠袋進門。「怎麼都沒注意到有人回來了？」

看到黏滿貓毛的自黏拖把，還有滿滿一盆的飼料，民龍忍不住咧開了嘴笑，像極了父親見到孩子長大的欣慰笑容。

「你去哪了？今天不是休息嗎？」

「好歹是中秋節啊，我們總得吃點應景的東西吧？」

民龍從塑膠袋裡拿出雜菜冬粉、涼拌山菜、煎餅、松餅[10]。

「哥，你怎麼都沒回家？」飯吃到一半，祖克冷不防問道。

民龍沒等嘴裡的食物吞下，立即開口回答：「回家幹麼？他們肯定又會問我工作的事，還會問我幹麼在這種地方上班。那你呢？幹麼不回家？」

祖克搔了搔頭。

10 韓國中秋節的傳統食物。

「你奶奶……應該在等你吧？」

「她在等我，但就是因為這樣我更不能回家……」

民龍沒再繼續追問，只說了一句：「冰箱裡有燒酒。」

祖克搖搖頭。「你明天不是要上班嗎？我也要上班。」

「今天這種日子，就應該喝杯酒配中秋特選電影才對啊！」

突然，解除電子門鎖的聲音傳來。民龍與祖克同時看向玄關，進門的是伊恩。

「你們在家啊？」

「你不是說連假後才回來……」

民龍放下筷子起身迎接伊恩。這是伊恩搬進來後第一次說要回家，似乎也真的回家了一趟，但不知為何這麼早回來。伊恩坐了下來，祖克去替他盛飯並準備碗筷。

伊恩靜靜吃了幾口飯，注意到兩人正默默看他的臉色，便笑了出來，笑容在他的眉間與嘴角擠出了皺紋。

「這是民龍哥買回來的。」

「買得好，這樣才有過節的氣氛。」

三人靜靜吃著飯。沒過多久，伊恩才像是終於想起來冰箱裡有瓶酒，起身去將燒酒拿出來，祖克則認命地去拿了杯子。

「逢年過節不喝酒，簡直就像紅豆包子裡沒有紅豆餡。」

民龍手腳俐落地替伊恩倒了杯酒，伊恩仰頭一飲而盡。要是然厚，肯定會要伊恩別做這種老男人才會用的比喻，不過民龍倒是接得很順口：

「像沒有鬆緊帶的內褲。」

「像沒有綠洲的沙漠。」

「像沒有費歐娜公主的史瑞克。」

祖克逗得伊恩哈哈大笑。這次的笑聲聽起來很圓潤，宛如一輪沒有皺褶的滿月。不必特別說他們都知道，現在該是時候說說到底發生什麼事了。

「家裡一個人也沒有。我昨天就是一個人睡的，今天也一個人在家裡待了一下才回來。我都忍不住想，這到底算什麼？」

伊恩才伸手想去拿燒酒瓶，民龍便趕緊攔截，主動替伊恩倒酒。

「還是說他們去鄉下……」

「我們已經很久沒回老家了，老家的人都去世了。」

「那……」

「應該是去旅行了吧，他們三個。」伊恩的聲音聽起來有些沙啞。

以加了胡椒的雜菜冬粉與煎餅配酒，三人清空了兩瓶燒酒。伊恩每夾一口下酒菜，便會皺一次眉頭，彷彿他的苦澀全都來自胡椒。氣氛越來越沉悶。

「現在該看中秋特選電影了。」

祖克開口試圖轉換氣氛，民龍卻使了個眼色制止他。

「約翰藍儂啊，寫了一首歌叫〈Starting Over〉，收在他的最後一張專輯裡。他說是因為跟洋子重新開始，才寫了這首歌！洋子真是個了不起的女人，藍儂稱洋子是他的同伴。但那女人呢？她以為她是誰啊！她又不是小野洋子！」伊恩怒吼。

「大叔也不是藍儂啊……」

民龍輕輕用膝蓋壓住祖克的大腿，制止他這番無知的發言。

「如果不是洋子，披頭四也不會變成這樣，說不定藍儂也不會死……」伊恩的聲音變得越來越萎靡。

如果祖克已經是民龍這個年紀，或許還會勸伊恩別說些沒用的話，但說實話，伊恩的年紀太大，祖克不該踰矩，而且他其實根本不知道披頭四、約翰藍儂跟小野洋子，甚至分不清伊恩這番談論洋子的言論，究竟是稱讚還是埋怨。

伊恩陰鬱地喝著酒，隨口問起中秋節的特選電影是什麼，接著又抱怨中秋節就該看成龍的電影，但最近都不播這些了，世界變得很無趣。祖克是聖誕節會在家看〈小鬼當家〉的世代，於是他短暫思考了一下成龍是誰，是不是前陣子電視上那個做了雙眼皮手術的大叔。

「話說回來，布魯斯比成龍好啦。」

「布魯斯．威利嗎？」

難得出現祖克知道的人，讓他有機會插話。

「不是，是布魯斯．史普林斯汀！」民龍自信滿滿地大聲說出答案。

伊恩卻瞬間板起了臉，激動地大喊：「是布魯斯李！李小龍！截拳道！龍爭虎鬥！」

伊恩手裡彷彿正拿著雙截棍在甩弄，還配合雙截棍甩動的節奏喊聲。就在這時，門鎖開啟的聲音傳來，大門打開，三人同時轉頭看向玄關，然厚雙手提著購物袋走了進來。

「咦？你們都在啊？」

然厚一屁股坐下，祖克探頭看了看購物袋裡裝的物品。

「這些是什麼？怎麼這麼多？」

「我以為你們兩個又在這餓肚子，就帶了這些回來啦。」

然厚假裝有些失望，卻能從聲音感覺出他的喜悅。祖克把吃剩的食物收掉，用購物袋裡的食物重新擺滿整桌。早知道會有這麼多菜，前陣子就該把那張廢棄餐桌撿回來才對。只不過當時也是祖克自己制止了其他人，說反正桌子最後都要丟掉，乾脆別撿回來找麻煩，省得到時還得花一筆大型廢棄家具處理費。

「你不是說明天才回來嗎？」

「就擔心你們嘛！」

「真的嗎？」

然厚夾了一塊燉排骨放進嘴裡咀嚼。「他們說家裡會有客人來，不介意的話我可以留下來，你們不覺得這話聽起來比叫我走更可怕嗎？」

「走得好。」

伊恩替然厚倒了杯酒，然厚恭敬地接過。四人就這樣靜靜地埋頭吃喝了好一陣子，咀嚼與吞嚥聲緩緩爬滿整間屋子。

「月亮出來了嗎？」伊恩突然問。

「出來了嗎？」民龍也跟著問。

祖克起身往陽臺去查看，夜空十分晴朗，月亮高掛在一〇三棟與一〇五棟之間，那是一輪完美無瑕的滿月。這時就該許願才對，提早幾個小時許應該沒關係吧？但要許什麼願？一說到要許願，反而不曉得該許什麼才好。明年也會有明年的滿月，所以應該許一年內能夠實現的願望。就業先不要，不如讓我變有錢？一年內嗎？不然要許什麼？復學？調高打工薪資？竟向月亮許這麼微不足道的願望，真是氣人！不然要許什麼？有什麼好許？祖克煩惱了好一會兒，最後露出淺淺的微笑想到：要不要許這個願呢？他感覺內心深處有什麼正在蠢蠢欲動。

「喂！叫你去看月亮出來了沒，你怎麼一個人在那許願啦？也太自私了吧！」然厚抱怨著走過來，輕輕往祖克側腰打了一拳，咯咯笑著說：「你是希望月亮給你一個女朋友嗎？」

祖克害羞得臉和耳朵都紅了。

綠意逐漸消退，步道上只剩下一片黃土。曾經生機盎然的綠葉，如今逐漸凋謝，鋪滿了整條步道，伊恩的煩惱也隨著落葉增加。沒剩多少時間了，距離預定拆除日只剩一個月左右，重建開工日似乎也不會延遲。一個月後，他必須做出選擇。是回家？還是去住鑽石溫泉？沒有其他選擇了。

伊恩試著估算樹與樹之間的距離，有些是三步，有些要五步，不遠也不近。跟民龍、然厚與祖克之間的距離又如何呢？跟民龍是三步左右，跟然厚與祖克是五步左右？還是跟民龍是五步，跟另外兩人則是十步？他自己也不知道。他決定將彼此之間的距離設定得比自己想的更遠。他安慰自己，與其誤以為彼此親近，先當作彼此是疏遠的似乎比較好。至少跟然厚的關係，確實比另外兩人要疏遠許多。

然厚已經連續好幾天沒回家吃飯了。之前他早上總會吃完一碗飯才出門，現在卻連聲招呼都不打就頭也不回地離開。他以前不會這麼沒禮貌，現在卻簡直變了個人。仔細想想，自己也沒有對他說什麼不該說的話啊。

「你每天都這麼早回來，都用什麼時間讀書啊？」

那天，伊恩散完步回到家，冷不防對躺在沙發上的然厚說了這句，這就是一切的開端。

「我沒有每天都這樣。」然厚半坐起身，語氣有些僵硬。「我昨天也有待到自習時間結束才回來。」

「我的意思是說，每天這麼用功都有可能考不上了啊。你上次不也是很早就回來了？我看你回來好像都沒在讀書，感覺是你不夠渴望。」

「說什麼鬼話，你又沒渴望過。」

雖然然厚是自言自語地嘟囔，但屋子如此狹小，伊恩不可能沒聽見。那時他應該忍住的。

「大人講話你就要聽，你是瞧不起我嗎？」他的聲音中帶滿了刺。

「大人、大人！大人有什麼了不起的？就是大人把世界變成這樣啊！讓這個世界變成不管怎麼努力，行的人就是行，不行的人就是不行啊，那是要我怎樣？我不知道能做什麼嘛！讀書也是擅長的人在讀的嘛！」

面對然厚突如其來的憤怒，伊恩張著嘴卻說不出一句話。有必要氣成這樣嗎？

「臭老頭……」

然厚喃喃地丟下了這一句，飛快離開了家，只剩伊恩呆坐在沙發上。伊恩只能聽著自己巨大無比的心跳聲，卻什麼也做不了，即使他也沒什麼事可做。

隔天早上，伊恩準備早餐時，一如往常地替然厚盛了飯。在民龍與祖克吃飯時，然厚都沒有從房裡出來。兩人催促他出來吃飯，然厚卻頭也不回地背著背包離開。就這樣過了兩天，伊恩便沒有再替他盛飯。然厚那天那樣說他，他也不想主動和解。他聽得很清楚，對著一個老頭說他是臭老頭，那幾乎等同於宣戰。

他認為在這件事情上，自己沒有逾越任何界線。然厚這傢伙要不要讀書、會不會考上，跟他有什麼關係？更何況若彼此沒有接觸，也就不會產生摩擦。如果兩人始終維持適當的距離，平靜的生活便不會被打破，這樣的衝突證明了他們的關係很親近。如今，民龍與祖克每天早上的話越來越少，都是在看伊恩跟然厚的臉色。他跟民龍與祖克的距離，是否也因此拉遠了一步？這種滋味真苦。但說到底，他們又不是自己的孩子，只是短暫同居的年輕人罷了，別太貪求深刻的關係才是對的。

伊恩用眼睛算著步道上的樹木，一邊思考著他與妻子跟孩子的距離又有幾步？雖不知道確切數字，但想必不是適當的距離，或許他們根本已不在同一片森林裡了。他是否該承認，脫離那片森林的人是自己？這實在太委屈了，他也不能算是主動脫離，而是被趕出來的吧！每每看到樹木，伊恩總會沉浸在沮喪中，但很快又會振作起來，試著相信家人打從一開始就生長在同一棵樹上。

他拿出手機連上YouTube，上星期上傳的影片有四個讚，而訂閱人數依舊是四人。分別是替他創建YouTube帳號的然厚、被然厚要求強制訂閱的民龍與祖克，還有亟兀商會的老闆。影片內容是地下天鵝絨的〈淡藍眼眸（Pale Blue Eyes）〉，影片最前面還安排了伊恩登場，難道這就是敗筆嗎？除了伊恩尷尬的表情，還有然厚努力壓抑卻忍不住洩漏出來的笑聲。只見影片裡的伊恩開口說道：

「這首歌要獻給很久以前的某個女人。我們在會議上相遇，沒見過幾次面我就被對方甩了，就是因為這首歌的關係。當時我在音樂茶座向主持人點了這首歌，以前大家都是這麼做的。這首歌很棒吧？非常平靜。路．瑞德的歌聲多麼甜美啊？我把歌詞裡的『你的淡藍眼眸』改成了『你的淡褐色眼眸』唱給那個女人聽。嗯，然後就沒再見到她了。我不太了解歌詞的意思，當時我只是單純認為歌詞一點都不重要。後來才知道，歌詞描述的是與一名已婚女子共度一天……哎呀，反正我們也不可能長久，畢竟我們的喜好差太多了。她說她從小只聽古典樂，還說她鋼琴彈得很好，比起鋼琴，其實我更愛吉他。總之就是這樣的一首歌，我們來聽聽吧。」

影片中，伊恩坐在沙發上，後頭的牆面上貼了幾張唱片封面作為裝飾。一開始是然厚吵著要把唱片封面貼在牆上，結果不知為何就變成要拍影片了，伊恩其實並不想。錄影由然厚負責，即使多次重錄，伊恩依然對自己的聲音與表情感到陌生、難以適應。最後，他們關掉客廳所有的燈，只留下廁所的燈光，在昏暗的狀態下完成了拍攝。即使然厚發自內心地認為若要這樣不如別拍，但伊恩依然以成為知名影音創作者會很有壓力為藉口，堅持不要清楚露臉。他們決定先拍十支影片試試，現在才拍了三支。究竟有誰會想看這種東西？伊恩羞愧到臉都紅了。

影片觀看時數加總不到二十分鐘。他上傳的影片每一支都只有七分鐘長，光是伊恩自己的觀看時長就有十五分鐘，表示根本沒人好好把影片看完。那幾個傢伙呢？這不太對吧？怎麼能連看都不看就按喜歡？伊恩決定往好處想，這就是家人嘛，可不是嗎？咦？訂閱人數跟喜歡數增加了一個耶！仔細一看才發現，觀看數增加到七次了，真是不明白這東西究竟怎麼運作的。世界確實日新月異，他都快跟不上改變了。要不要再繼續上傳一支影片呢？該選什麼歌好？伊恩先是認真思考，隨後又無奈地笑了。然厚應該不會幫忙拍了，他也不想去拜託然厚。但無法靠一己之力上傳影片，這樣算什麼影音創作者？不知不覺間，步道已經來到盡頭，沙坪路就近在眼前。

民龍在陽臺一邊清理歐元的貓砂，一邊看著對面那棟公寓。茂密的路樹不知不覺間只剩下枯枝，讓他能一眼望見對面公寓的窗戶。那裡每天都有搬家用的雲梯車進出，不再亮燈的窗戶一天比一天多。還剩下幾戶呢？前幾天，管理辦公室的職員公告了搬遷預定日。雖然從一開始他們就打算留到最後，但實際面對這一刻時，心情卻難以言喻。他就像個孩子，被獨自留在遭人們遺棄的社區。不知其他人是否跟自己有同樣的心情，伊恩跟然厚都沒有對搬遷一事多發表意見。祖克打開陽臺的門，站到民龍身旁。

「很多人搬了嗎？」

祖克搔著下巴，數著沒有亮燈的空屋。說不定其實他在數的是還開著燈的屋子，因為這樣比較快。

「……你打算怎麼辦？」

「不知道……」

「也沒辦法再搬回考試院了。」

祖克瞥了正大口吃著點心的歐元一眼，彷彿是覺得不能在歐元面前，說民龍的困境是因歐元而起，但現實確實如此。帶著歐元，民龍無法搬回考試院，手上的錢又不夠，無法搬到更像個家的地方。押金適中的屋子租金太高，租金適中的屋子押金又遠超出負荷。現在該去問問然厚該怎麼辦了，可是他開不了口。然厚一如往常，出門跟回家的時間不固定，偶爾也會遊手好閒一整天。民龍心想，如果然厚是他的孩子，他肯定會急得直跳腳，但自己畢竟也是年逾三十仍沒什麼出息，實在沒有立場多說什麼。看看伊恩不過說了兩句，兩人就冷戰至今，更讓民龍無法開口。

「那一戶啊……」民龍指著對面的一戶人家。「我們搬進來的時候還在裝修耶，他們怎麼捨得搬啊？」

「你不知道嗎？」

「什麼？」

「他們一直堅持不搬啊。」

「為什麼？」

「好像是大叔聽來的，大叔說這也算一種釘子戶，我是這次才知道什麼叫釘子戶。」

拆除重建居然也有釘子戶，讓民龍深刻感覺到真是一種米養百樣人。

「可是啊……」

「嗯？」

「不覺得他們很厚臉皮嗎？怎麼能這樣？」

「就是說啊，我也嚇一跳。對方好像以前是法官，大叔說就是因為他懂法律，才會這樣。」祖克嘆了長長的一口氣。「哥，我們啊，不能活成那個樣子，就算真的很缺錢也不行。現在似乎一直在討論說要連裝修費都一起賠，那戶才會願意搬。好像還有人就因為才剛裝修，所以在搬走前拿到一筆額外賠償。人怎麼可以這樣？」

祖克的表情先是有點嚴肅，說完後又突然換上有些寂寞的神情。

民龍繼續翻弄著貓砂。「我是不是太過分了？怎麼那麼心疼錢……」

祖克跟著蹲在貓砂盆旁邊。

「哥，對不起，我以為沙子都差不多。」

「沒有啦，其實我也想過要這麼做。從這邊看下去，可以很清楚看到遊樂場的沙坑啊。那裡有這麼多沙不能用，還得花錢買……感覺就像在海上卻被渴死。」

雖然蹲坐著根本看不見那座遊樂場，祖克還是將視線轉往遊樂場的方向。

「你知道這是什麼嗎？」民龍從沙子裡撈出歐元的糞便問道。

「哥，你在開玩笑喔？這是貓屎啊！」

「這個……是寸棗糖。甜甜寸棗糖，派對最開心！甜甜寸棗糖，派對最美味！[11]」民龍用筷子夾起形似寸棗糖的貓屎湊到祖克面前，唱起寸棗糖的廣告歌。

祖克瞬間皺起眉頭，整個人向後退開。「哥，你很煩耶！想趁機報復喔？」

民龍繼續哼著那首廣告歌，祖克也笑著一起哼唱起來。兩人荒腔走板的歌聲不知怎地居然起了共鳴，令祖克紅了眼眶，未來他一定會時常想起這一刻。

要走進社區時，然厚還有些遲疑。民龍說，大家都在亟兀商會等他。然厚曾去亟兀商會買過幾次東西，雖跟老闆打過照面，卻從沒在那喝過酒。過去常到店門口喝啤酒的伊恩與民龍，似乎也一度因為天氣太熱而減少了光顧次數。然厚決定先在這裡慢慢逛一逛，仔細看看這不久後就要永遠消失的社區。他決定往正門左側走去，那恰好是亟兀商會的正對面。

停車場裡的車子三三兩兩，過去一位難求，如今隨著住戶如潮水般離去，有些車甚至能一次占用兩個車位。換作從前，這種行徑肯定會讓住戶吵得不可開交。惡劣的停車場環境曾一度讓找不到車位的住戶必須並排停在車道上。每到早上就會看到許多人必須費盡力氣推開好幾臺車，才有辦法把自己的車開出來。然厚也幫忙推過幾次，記得他曾推過一輛已經放掉手煞車的車子，但不知為何車一動也不動，仔細一看才發現，是車主在車輪前面放了塊磚頭。難怪怎麼也推不動，一大早就白忙一場，實在令人筋疲力盡。

然厚回想著過去，一邊在停車場的車道間穿梭。記得那是初夏，他與民龍一同拉著行李箱走過的路。如今夏天過去，秋天也邁入尾聲，氣溫早已掉到零下，他的心彷彿也隨著冷冽的空氣凍結。一方面是因為讀書，一方面是與伊恩冷戰。真要說起來，民龍或祖克從不曾瞧不起然厚，真正瞧不起他的人其實是爸媽與妹妹。所以他從沒想過在他心裡一直被歸類為新家人的伊恩，竟會對他說那種話。在這彷彿自己的避難處裡，遭受曾經深信不疑的友軍奇襲，根本就是犯規。

他連上YouTube，伊恩的頻道停在〈淡藍眼眸（Pale Blue Eyes）〉這支影片，沒有繼續更新。訂閱者只有五人，按讚數五個，沒有留言。他戴上耳機聽音樂，緩慢的曲調配上悲傷的聲音，與他現在的心情不謀而合。無論歌詞說的是什麼內容，好聽的歌就是好聽。伊恩像一座西洋流行樂倉庫，規模媲美大型量販店。然厚雖不懂西洋流行樂，但伊恩時不時分享的故事有著讓人想側耳傾聽的魔力。只有他一個人享受這些實在可惜，且伊恩也想找點事做，因此然厚才建議他開設個人頻道。伊恩的內容與誠懇兼具，絕對能持續更新下

11 韓國海太食品出產的花生口味條狀零嘴的經典廣告歌。

去。他生對了時代，就業沒有面臨太多困難，且長時間服務同一間公司，人們都說伊恩這一代人是好運世代。但然厚光看自己的父親就知道，只要為人誠懇，要做到這些並不難。

伊恩沒有說錯。但他會生氣，並不是因為那些話有錯，而是因為那戳中了他的痛處，他覺得自己被看穿。明知道是自己造成家中氣氛冷冰冰，開口道歉卻如此困難。應該趕快更新下一首歌的影片，也要快點教伊恩自己拍片、上傳的方法才行，現在這個情況著實令人困擾。然厚猜想，今天應該是民龍刻意安排的，但他不明白自己為何不能乾脆地去亟兀商會，偏要在這閒晃。然厚邊走邊咬著指甲，這是他一度改正、近期又死灰復燃的習慣。

不知哪戶人家飄出了食物的香味，是烤肉與泡菜鍋的味道。聞起來有點像伊恩煮的泡菜湯粥，又有點像他們在家等祖克回來時，那令他垂涎三尺的烤五花肉。走過一〇二棟前，然厚短暫停下腳步，發現客廳的窗戶亮著燈。不知從何時起，除了睡覺的時間，客廳都不會關燈，這是為了歐元。歐元未來要何去何從？民龍什麼也沒說。現在十二樓只剩下兩戶了。

他經過遊樂場，從一〇一棟前面走過，再轉到一一〇棟後面。後面的花圃堆滿了殘破的舊家具，每一棟都持續有人搬出，因此每天都會有新的廢棄家具與家電用品出現。回收業者也勤勞地來此將家具拆開載運，家電用品則隨便堆放等著別人收走。

走過一〇九、一〇八棟，繞過一〇七棟的轉角，才看見亟兀商會的燈光。除了位於地下室的超市入口，就只剩下亟兀商會整間店還亮著燈。然厚蹲坐在一〇七棟前的花圃旁，咬著指甲反覆思考究竟是否要赴約。他的左腳開始有些麻，於是他試著挪動屁股的重心，讓左右腳交替承擔自己的體重。只是事與願違，很快他便兩腳發麻，於是他只能一屁股坐到地上。他打開手機的訊息視窗，這個四人都在的群組裡沒有任何新訊息，一直停留在民龍要他快來的訊息。他點進跟伊恩的個人聊天視窗，雖然想要道歉，但公開道歉還是有些尷尬。

這是他第一次私下傳訊給伊恩。一想到要傳訊息又有些遲疑，於是他將注意力轉移到伊恩的個人照上，試著放大那張他從未留意的顯示圖。那是一名留著長髮的音樂人，這個人是伊恩嗎？還是年輕時的伊恩．吉蘭？那一頭長髮看起來彷彿是將假髮反戴，緊抿著的嘴唇散發叛逆的氣息。他記憶中的伊恩大叔有著圓滾滾的臉龐、稀疏的頭髮、油亮的額頭與厚實的嘴唇。然厚試著用伊恩現在的臉，以扣除多餘的脂肪、多增加一些髮量的方式，去想像他年輕時的模樣。但不管怎麼想，都不可能像真正的伊恩，所以絕對不可能是因為兩人長得像，才用這張照片作為顯示圖。

伊恩的個人顯示圖共有十五張，然厚一張一張翻看。有樂團演奏的畫面、有極短的白髮、有應該是上了年紀的伊恩．吉蘭本人站在舞臺上的模樣、有幾張好看的黑膠唱片，還有穿過樹間的縫隙拍下的首爾市景，最後則是一張全家福。從順序來看，全家福應該是第一張上傳的照片才對。照片裡，伊恩跟穿著端正制服的兒子、女兒及夫人並肩。兒子身上穿的是然厚曾讀過的高中制服，女兒的則是他曾讀過的國中制服。然厚將照片放大一看，才發出啊一聲短短的驚呼。雖然他本來就覺得不是沒有可能，卻也不覺得有必要特別確認，而這麼想的或許並不只有他一個。因為伊恩也很清楚，他們兩人有很長一段時間是同個社區的鄰居。然厚想起被他遺忘已久的棉花棒事件，噗哧一聲笑了出來。

他起身拍了拍屁股，走到亟兀商會門前。要不要進去就等等再說，他想先看氣氛再做決定。他將刷毛帽T的帽子戴上，透過玻璃門窺探室內。玻璃門上結了一層霧，讓他看不清裡頭的情況。然厚本只是想悄悄開個門感受一下氣氛，屋內的四人卻因為突然吹入的冷風，不約而同地轉頭看向門口。

「哥，怎麼不進來？站在那幹麼？」

「喂，快把門關上進來啦，很冷耶！」

祖克與民龍催促著。伊恩乾咳了兩聲，亟兀商會的老闆則吐槽民龍，說門關上人就進不來了，傻子！邊說還邊拿起酒瓶。然厚遲遲沒關上門，讓伊恩與老闆皺起眉頭，然厚只好假裝拗不過他們進到屋內。原本放在店中央的貨架，不知何時已經被挪到一旁靠著牆。那個貨架空蕩蕩的，另一邊的貨架則零零散散放著一些物品。過去分門別類整理好的商品，現在全都雜亂無章地四散，想必是些賣不出去的東西。老闆從很久以前開始就沒再進新貨了，現在剩下的物品都只是等著被處理掉而已。然厚覺得店內的四個人，不，包括自己在內共五個人，跟這些物品的處境極為相似。就像那些本以為有辦法賣掉，最後只能堆在那積灰塵，或曾經紅極一時，卻不知從何時開始乏人問津的商品。

祖克挪了挪椅子騰出空間，然厚再度假裝勉為其難地坐下，並垂著頭遲遲不敢正眼看向眾人。沒人說他不准看，他卻不自覺地不敢抬頭。他不是退縮，而是因為即使像他這麼愛說話的人，面對這樣的時刻也無法輕易開口。這時，有人遞了個杯子到他眼前，是伊恩。然厚雙手接過杯子，伊恩便替他倒酒。

「保羅跟約翰啊……」伊恩喃喃自語般地說起故事。

「他是說保羅麥卡尼跟約翰藍儂。」商會老闆在旁補充，像是在替伊恩下註解。

然厚從口袋裡拿出手機來擺弄著。

「人們誤以為他們到最後都還是不合，其實根本不是這樣。他們兩人十幾歲就認識，陪伴了彼此一輩子，雖然約翰很早就走了。但如果沒有保羅，約翰會怎麼樣？」

伊恩只用名字稱呼他們兩個，好像保羅麥卡尼跟約翰藍儂是他的隔壁鄰居。

「約翰死後，保羅寫了一首歌。大約是在約翰死後兩年，應該是一九八二年吧，那首歌叫〈Here Today〉，收在他的個人專輯《拔河（Tug of War）》裡。歌詞說的是：『如果今天你在這裡，你肯定會笑著說，我們截然不同』之類的……你不聽我說話在幹麼啊？」伊恩低聲說到一半，突然換上有些不耐煩的語氣。

然厚露出了一個能看到牙齦的燦爛笑容。「我在拍片啊，請繼續說吧。」

「在這裡嗎？」

伊安胡亂擺了擺手，表示不願意對著鏡頭說。認真聽伊恩說話的民龍、祖克與商會老闆都咯咯笑了起來。繼續說！繼續說！老闆趁著一絲醉意放膽鼓譟，甚至還拍手替自己助陣。

「唉唷，我是想說……」伊恩突然挺起腰桿，換了個語調並試圖思考該怎麼表達才好。

「就繼續你剛才說的吧，放輕鬆。」

然厚用伸出手，像是在轉動車輪似地畫了畫圈示意伊恩繼續，民龍則趕緊搜尋〈Here Today〉當背景音樂。

「總之，保羅跟約翰和解了，而約翰死後保羅也一直很思念他，唉，然後……就是……」伊恩用手掌摸了摸自己的臉，接著長長地嘆了口氣。「現在替我拍影片的這個人，他就像我的兒子，我之前對他說了些倚老賣老的話。但道歉對我來說真的太難了，這也是一種倚老賣老的行為吧。」

伊恩說完，現場突然一片靜默。三人專注地看著伊恩，然厚則專注地看著手機螢幕。

「是我錯了，對不起！不要再生氣了！」伊恩吞了口口水，才用力喊出這句話。

然厚舉起左手，用大拇指與食指比了個圈給伊恩看。

伊恩咳咳兩聲，清了清喉嚨繼續說：「總之，我的意思是，嗯，要趁還在一起的時候好好相處！就是這個意思啦！」

其他三人大聲地回了聲：「好！」接著便爆出歡呼聲，甚至還吹起了口哨。然厚拿起面前的杯子，一口氣喝乾了杯中的酒，接著將杯子遞給伊恩。

「對不起，是我太過分了。」

伊恩替他倒滿酒，接著五個杯子碰在一起。接下來的時間裡，這幾只杯子碰撞了無數次，五個男人興致勃勃地一會兒唱歌、一會兒像在比賽似地不斷大吐苦水。然後會忽然陷入短暫的沉默，隨後又開始重複剛才說過的話、唱剛才唱過的歌，彷彿這些話都沒說過、歌都沒唱過一樣。

冬夜漸深，卻沒人來抗議他們太吵。警衛數次拿著手電筒走過來，卻只是探頭看了看店內便搖搖頭離開。

出勞力的工作太累所以做不來、出腦力的工作因為腦袋不好而做不來、出錢的工作因為沒錢而做不來。民龍覺得這世上沒一件他能做的事，最後是多虧了極兀商會的老闆才有機會導正心態。昨晚，長期從事自營業的商會老闆宣布，現在開始他也要轉換一下思考模式。

「自己開店就是死路一條，絕對沒有活路！我在這個社區開店超過二十年，開到現在什麼都沒剩，店面的押金也只有那麼一點點。現在商品只剩下架上這些，你們看需要什麼就拿去吧。」

老闆說完，四人反射性地將視線轉向貨架。不管怎麼看，民龍都找不到任何吸引他的物品。那些積滿灰塵的商品要不是有沒有都沒差，就是帶回家只會徒增困擾。有些商品真的很沒用，甚至會讓人驚訝這小小的店裡竟有這種東西。

「我想去開堆高機，不過那某種程度上也算是一種自營業。但反正也是要先做一陣子才需要煩惱，一開始也不需要任何成本，你要不要也來一起做？」老闆點名了三人中的民龍問道。

民龍雖有些不好意思，但心裡其實正在大喊就是這個！沒錯！不可能沒有我能做的事！我還可以去學技術！

「這要怎麼開始？」民龍擺出相當感興趣的姿態。雖然他當時已經醉了，但他很確定，問出這句話的那刻，他的眼神肯定閃閃發光。

「我會幫你鋪好一條路，你就在現在的工廠再撐一段時間。就算很辛苦，週末也要去上課考證照。如果覺得起重機很難，那可以從比較簡單的怪手或堆高機開始，甚至還可以申請國家補助呢。」

老闆淡淡地說，他早該在收掉錄影帶出租店時就去考證照。偏偏當時他以為自己開店比較好，因此只是換個類型繼續經營。其實開這種小店，就是在毫無勝算的遊戲裡咬牙苦撐。在那一刻，看似沒在做打算的商會老闆令人肅然起敬，連伊恩與祖克都有點動容。

民龍站在沙發前時，會先深吸一口氣並使出全身的力氣。抬沙發需要的不是技術，而是技巧。靠的不是手臂的力量，而是必須將身體當成槓桿發力。一開始他不明白這個道理，只靠一雙手出力，不僅被痛罵一頓，甚至還傷了身體。以後他要學的，不只是做某件事的要領，而是真正的技術。他要考堆高機、挖土機、推土機，還要再考什麼起重機之類的，好像還有個東西叫天車。總之，以後他不要再靠身體，要靠操作機器扛重物。機器得靠技術操作，那誰是使用這技術的人呢？

想到這，民龍興奮了起來。他一步一步慢慢學，從助手開始做起，未來還有可能開一間自己的公司，這讓他心中燃起了久違的希望。現在，他的未來志願就是重型機具技師，這可比沙發檢測員好多了。哎喲，仔細一想，這也是「師」字輩呢。從貓奴到沙發檢測，再到重型機具技師，聽起來棒透了。外頭的天氣冷得讓倉庫裡的民龍快要凍僵，這個念頭卻帶起他心裡的一陣暖流。這時他才注意到不知從何時起，他的腳趾已經不再會痛。大腳趾半剝落的趾甲已經完全脫落，長出了新的趾甲，食趾的趾甲也長出來了。

民龍不停哼著歌，並把手伸進衣服裡，豪邁地將昨天貼的痠痛貼布撕下。他哼的歌是昨天伊恩傳到YouTube上的〈Here Today〉。當然，他不知道歌詞是什麼，但就算連旋律都錯也無妨，這種事一點也不重要。

才來到公寓正門，祖克便放下自行車的腳架，將車子停好後，接過然厚遞來的背包，牢牢地綁在自行車上。原本他們還很擔心，祖克的行李可能會多到像是要搬家。可如今一看，卻是輕便到讓人忍不住想再次確認，他的旅行計畫是否真的有到三個月。他的行李就只有一輛自行車，以及前後各一個防水包包，還有背在身上的背包而已。

「我們得拍張照片留念啊。」

在伊恩的提議下，四人圍著公寓正門口的石碑站好。石碑上頭凹刻著極光公寓幾個大字，絲毫沒有因為時間流逝而變得老舊。每個人各自掏出手機拍了張合照，祖克還拍了很多其他三人的照片。

祖克要從這裡開始，騎著自行車前往仁川客運碼頭。他的目標是橫貫中國大陸，但他不打算庸俗地選擇橫貫鐵路，而是要靠自己的雙腳。另外三人本想去碼頭送他，但計畫最終因祖克選擇自己騎自行車去而告吹，他們只能表達遺憾。

「騎四個小時就到了啦，你們不要擔心。」祖克跨坐上車。

幾天前，他牽了一輛腳踏車回來放在陽臺，讓眾人吃了一驚，因為那輛車不是撿回來的。雖然是透過旅行同好會買到的二手車。祖克居然花錢買東西了！祖克的臉微微泛紅，表示他想騎著這臺自行車橫貫中國大陸。不是工作，而是去旅行？祖克竟然不賺錢，選擇去旅行！比起橫貫大陸的計畫，祖克決定去旅行這件事更令人震驚。

「我想試試看不一樣的生活。總覺得現在不去，一輩子都不會去了。」

然厚搶先鼓掌，民龍也跟著鼓掌，接著伊恩也鼓起掌來，他們一起拍到手掌發疼才停下。

「哇！真是太棒了，就是應該要這樣！這就是青春！」

伊恩拍了拍祖克的肩，只是力道似乎有點重，嚇得祖克抖了一下，才露出笑容。

即使頭上已經戴著一頂毛帽，他仍然將羽絨外套的帽子拉上，隨後便踩動自行車的踏板，轉眼間車子便順暢地滑了出去。祖克將手高舉過頭，朝三人揮了揮，便頭也不回地離開了。遠方是條上坡路，他在騎上上坡前大幅加速。當他用健壯的雙腿踩起踏板，穿著厚重羽絨外套的背影也逐漸遠去。民龍突然聯想到熊，熊雖然有著巨大的身軀，卻非常愛吃與其兇狠外貌有些沾不上邊的蜂蜜。祖克就像熊一樣憨直，只希望旅程中能有可口的蜂蜜在等著他。民龍望著祖克迎著晨光前進的背影，暗自在心中祈禱。

「不覺得祖克走了後，家裡變空曠很多嗎？」伊恩靜靜說了一句。

民龍朝祖克原本住的主臥室瞧了一眼。乾淨空蕩的房間只放了一只行李箱，是祖克拜託民龍幫忙顧三個月的行李。伊恩伸手去摸窩在沙發椅背上的歐元，歐元細長的眼睛時睜時閉，像一幅畫一樣動也不動地待在椅背上。

「對了！這樣之後房間就可以給大叔用了。」然厚說這句話時非常興奮，聲音還高了八度。

「是還能用幾天？」

伊恩只用了這一句話，就讓然厚高八度的聲音恢復原狀。

「對了，那邊那一戶好像搬走了。」

「走廊盡頭那戶嗎？」

「現在十二樓只剩我們了。他們好像是要等小孩考完大學還怎樣的，才會留到現在。」

民龍說完，三人便陷入一陣沉默。然厚拿起背包，該去補習班了。他已經宣布，接下來他會搬回考試院，因為這段時間他只是在暖身，接下來打算要好好用功讀書。才不過是前幾天的事，但然厚已經有明顯的改變，這是他第一次在週末去補習班，看來這次他或許是真的要用功了。

然厚朝氣十足地喊完「我出門了」後，便聽見他的腳步聲在走廊上越走越遠。但沒過多久，又聽見他的腳步聲重新回到門口。

「得先拍支影片才行，我差點都要忘了。大叔，你選好歌了嗎？」

「要我說幾遍啦！是要歌選我，不是我選歌！」

「那你就從現在想到的幾首歌裡面選嘛。」

然厚將扔在沙發上的衣服收拾乾淨。伊恩的頻道這幾天多了幾名訂閱者，按讚也增加到兩位數了。對於大家竟然會來看並訂閱自己的頻道，伊恩感到相當神奇。然厚含糊其詞地說經營頻道本來就是這樣，但案情似乎不太單純，要是換作平時，然厚一定會立刻驕傲地說是因為他影片拍得好。

伊恩想了想，才抬起頭來說：「今天早上我突然想到這首歌。高飛的鳥兒啊，空中的太陽啊，你們可知我的心情如何？這是新的一天，這是我的新生活，而我感覺良好。（It's a new dawn. It's a new day. It's a new life. For me. And I'm feeling good.）這裡是江南一處非常老舊的公寓，幾天後就要拆除了。我在這裡跟三個年輕人一起住了幾個月……真的很抱歉，這世界讓你們太辛苦了。是我們這個世代、是我讓世界變成這樣的。很抱歉，讓你們沒能過上像樣的生活。」

說到這，伊恩嘆了口氣，並低頭鞠了個躬，民龍與然厚則靜靜看著他。伊恩走到陽臺邊，背對著窗戶看向鏡頭。

「有拍到對面那一棟吧？」

然厚跟著伊恩移動，點了點頭。

「有看見對面那一棟公寓嗎？這段時間，有一個生活優渥的人住在那裡，似乎是法律相關從業人員。可是啊，管委會貼出搬遷日期公告後，他便開始整修房子，現在變成釘子戶，除非拿到賠償，否則他不肯搬走。他還想要藉此賺多少錢？真是個壞蛋！啊，抱歉，真是位壞人。這種人就應該向年輕人道歉……之前跟我住在一起的一個年輕人，已經出發去自行車之旅了，在這麼冷的天氣裡，他打算橫貫中國大陸。他因為家境貧窮，所以總是拚了命工作，雖然退伍已經一年，卻遲遲無法復學。希望未來他能夠享受到新日子、新人生，也希望他的旅程能夠感覺良好。今天就來聽聽妮娜．西蒙的〈感覺良好（Feeling Good）〉。喂，祖克！你有在聽嗎？路上小心，保重健康！如果累了，也可以半途就回來。」

然厚的背隨著呼吸急據起伏，最後發出了嗚咽，民龍也感到喉頭一緊，但還是硬將情緒吞了下去。什麼半途就回來，以後也沒有極光公寓能回來了呀，我們就要各奔東西了啊！三人站在原地，一時之間一句話也說不出來。然厚一屁股坐了下來，拿出筆記型電腦，咯噠咯噠的鍵盤聲今天格外響亮。民龍坐在原地發呆，然厚與伊恩則望著窗外。

影片上傳完後，然厚突然大喊：「我們去送他就好啦！現在去搭火車啦！一定會比自行車快很多！他不是下午的船嗎？時間還夠啦！」

民龍緊抓住然厚的手臂。「你真的是天才！」

於是天才在中間，民龍與伊恩在兩旁，三人並肩搭上了地鐵。民龍興奮地說，然厚竟能想到這個方法，他們的運氣實在太好，而這也是祖克前途一片光明的好兆頭。伊恩與然厚在旁點頭，表示同意民龍的說法。

「你……」三人在新道林站轉搭一號線時，伊恩對民龍說：「等等我。」

領在前頭的民龍配合伊恩放慢了腳步。

「我的大樓地下那個倉庫……不久前撤走了……」

即使是假日，在新道林站換車的乘客依然很多。民龍靠得離伊恩更近，避免漏聽他說的話。

「雖然賺不了錢，但我決定開一間黑膠唱片酒吧。不然我也不知道怎麼辦，那些早就丟掉的唱片也不該再搬回家裡。是你撿來的，你要負責。聽說最近在店裡養貓是一種流行。雖然不會很舒服，但至少有地方能睡覺，附近還有澡堂能洗澡。」

伊恩盡可能保持平淡、事不關己的口吻，民龍似乎能猜到他為何要刻意這樣，但民龍沒有輕易開口回答。

「我女兒好像看到我的頻道了，很怪吧？前陣子她突然跟我聯絡，這是她的主意。她建議我在晚上的時段找個兼職來顧店，在店裡養貓也是她的主意。」

民龍瞥了然厚一眼，不知然厚是假裝沒聽到還是真沒聽見，只是低頭看著手機向前走。民龍沒有立刻回答，反倒說起了不相干的事。

「大叔，你再過幾天就要六十歲了吧？你的生日是十二月三十日，我聽然厚說的。」

民龍一席話，讓伊恩瞬間笑開了，誰能想到一個六十歲的男人，竟還能笑得這麼開心。

「所以說啊，其實下個月開始，我想先把年金領出來，就先用這筆錢來付店租。雖然明明是我的大樓，我卻還要付店租，的確是有點好笑。」

說到這，伊恩真的笑了出來。雖不清楚這段時間以來，事情是究竟如何發展的，不過民龍一直能隱約感受到伊恩要「回家」這件事，正以飛快的速度實現。他曾經親眼目睹伊恩在跟誰互傳訊息的模樣，也曾看過他關上房門講私人電話，只不過他沒料到伊恩竟打算開黑膠唱片酒吧。

「哎呀，恭喜！」

民龍也弄不清楚自己究竟在恭喜什麼，只是很想對伊恩說聲恭喜。無論是六十歲、領年金、「回家」、開黑膠唱片酒吧還是什麼，都是值得恭喜的事。伊恩正想繼續說些什麼，月臺上便響起列車即將進站的聲音。

碼頭的風與都市的風差異甚大，空氣中充斥著鹹鹹的海水味，令人感覺胸口一股熱燙。

「我們來得太早了啦。天啊，好冷！」然厚邊說邊戴上帽子。

雖然不停抱怨，但他臉上始終帶著笑容。距離船出港還有段時間，而距離祖克從極光公寓出發，則已經過了四個小時。三人在碼頭繞了一圈，便到候船室休息。候船室裡混雜著延邊方言、中文與韓文，十分吵雜。

「喂，看那裡！」

順著從便利商店回來的然厚手指的方向看過去，發現是祖克。他正皺著眉在看手機，三人忍住笑容悄悄走近他。祖克仔細閱讀畫面上的每一句話，填寫好自己的個人資料後，按下確認鍵。閔玉純。民龍跟然厚偷看到畫面上祖克輸入的名字。指定奶奶為保險受益人，果然很像祖克會做的事。

祖克關上應用程式，就在他抬起頭來的瞬間，然厚拍了拍他的肩膀。

「咦！」

祖克驚訝地說不出話來，接著便用手背偷偷擦去眼角的淚水。

「喂，就因為你，大哥我今天可是翹掉補習班了喔，我下了很大的決心耶。」

然厚笑到露出了牙齦，然後噘起嘴朝祖克的眼睛吹氣，試圖把眼淚吹乾。

「剛才……我沒跟你們說謝謝，來的路上我一直在想這件事。」

祖克彎腰向三人鞠躬，伊恩與民龍拍了拍他的手臂。

「你沒看到這個吧？」然厚掏出手機，拿出剛上傳的影片給祖克看。

祖克戴上耳機，在影片播完前又用手背擦了擦眼淚。伊恩先是看向候船室外的遠方，隨後才將目光轉回來，並乾咳了幾聲試圖掩飾尷尬。

「只有我先離開……真的很抱歉。」祖克語帶哽咽，好不容易才擠出這句話來。

「總會有人先離開嘛。」伊恩擺了擺手，要他別在意。

一開放登船，候船室裡的人便如潮水般往客船湧去。然厚幾乎是用擠的才把祖克的自行車牽上去，四人緩緩朝船艙移動。然厚在祖克耳邊說著悄悄話。

「我說的那個，你有帶嗎？」

祖克的臉突然紅了起來。然厚咯咯笑著，以迅雷不及掩耳的速度朝祖克的羽絨外套口袋塞了個東西。

「什麼？錢喔？」民龍問。

然厚卻假裝沒聽見，祖克則依舊紅著一張臉，不知該如何是好的模樣。民龍頓了一下才豁然開朗，露出賊笑。伊恩則在一旁，事不關己地感嘆船有多麼巨大。

祖克在管制線前將車牽了回去，遲疑許久才邁開步伐登船，一點也不像平時的他。他每一次回頭，三人都會向他揮手，最後祖克跟自行車終於都上了船，他再一次回頭，卻很快隱沒在人群之中。

「我說啊……」看著遠方的伊恩突然開口。「暫時不會給薪水喔，但我也不收房租。」

伊恩延續剛才黑膠唱片酒吧的話題，民龍這才想起自己還沒給出任何答案。即使已經看不見祖克的身影，三人依舊在原地站了好一段時間，一直看著眼前那艘船，以及船後方的海天接壤之處。大海與天空幾乎都是深灰色，地平線看起來既遙遠又模糊。

「我想比起你，歐元工作應該會更認真，所以我會給歐元一點薪水。」

伊恩吸了吸鼻子，接著又乾咳幾聲。

「什麼啊？哥，你現在要兼兩份差喔？哇，超人耶！」

「你是知道什麼啦？」

「哥，你白痴喔？我又不是聾了！」

「你這臭小子！要懂事一點啦，怎麼能對我這麼沒禮貌？」

民龍朝然厚的肚子假揮一記上鉤拳，然厚也順勢假裝哀號，盡情演出站不穩的樣子。

「不是說人要年逾花甲才懂事嗎？對吧，大叔？」

這次換伊恩朝然厚揮出鉤拳，然厚則像是被打暈一樣倒進民龍懷裡。他的演技之好，只要稍稍裝扮一下，就能去當演員了呢。

「『伊恩的音樂酒房』這店名不是你取的嗎？你心機還真重啊。」

「廚房……？」民龍驚訝地問道。

「哥，你不要緊張啦，是『酒』不是『廚』，就是大叔會喜歡的諧音笑話啦。[12]」然厚嘻嘻笑著解釋，彷彿早料到民龍會誤會。

和解之後，伊恩跟然厚的感情似乎更好了。例如然厚知道伊恩的生日，實在令人意外。伊恩說店名是然厚取的，可是他一開始卻不知道這件事？雖不知道事情究竟為何發展成這樣，但看兩人相處一點疙瘩也沒有，民龍也就放心了。

三人並肩再度看向大海。民龍有如出航前，將船帆升起並牢牢固定的水手。他將戴在頭上的帽子束緊，雙腳穩穩踩在地上，接著深深吸了口氣，將胸膛高高挺起，感覺大海的氣味湧入肺部，並在其中蕩漾。民龍伸手勾住然厚的肩，另一手緊緊搭在伊恩肩上，伊恩也將手搭在民龍肩上。三人團結在一起，宛如任憑海浪如何拍打也不為所動的岩石。

「既然都來到海邊了，不如買個海帶回去吧。」

民龍對著地平線喃喃自語，一雙眼幾乎成了一條細線，或許是被然厚笑時總瞇成一輪彎月的眼睛所影響。

12「廚房」與「酒房」在韓文中同音。

作者的話

鷺梁津有條路叫萬陽路，這條路北起鷺梁津，往南一路延伸，道路兩旁開著美妝店Olive Young與大創。在萬陽路上，你幾乎能解決所有的需求。補習班、餐廳、咖啡廳、便利商店、撞球場、網咖、考試院、不動產、影印店、眼鏡行，甚至是冰淇淋店與教會，應有盡有。往兩旁延伸出去的巷弄內，則有更多的餐廳、咖啡廳、撞球場、網咖與考試院……如百花爭豔般坐落其中。這條路微微蜿蜒的型態，乍看之下宛如一首曲調緩慢的歌謠。真是奇怪，這條繁雜的路上的任何一件事物都會令人流連，甚至會忍不住倒退回去查看。

我在這條路上遇見許多年輕人，但這並非是注定的相遇。只不過只是擦肩而過、萍水相逢，並將他們記在心裡罷了。即便如此，他們依然不辭辛勞地與我搭話。他們說在看不見未來、不知努力能得到什麼的狀態下，以青春作為擔保實在令人太過茫然、太過委屈。接著又問，他們的世界裡究竟有什麼喜悅與希望值得期待。但即便如此，他們心中似乎仍留有不會輕易消逝的光彩。

我突發奇想地去找了統計廳的資料來看，那些圖表彷彿被人用釘子釘在了我的螢幕上，毫不留情地耗費我許多時間閱讀。一方面是因為不熟悉這些資料，一方面則是因為我已經對將人轉換成數字感到疲憊。也或許是因為已經連續第三年，天天要接觸到確診者數、重症患者數、死亡人數等數據。因此無論是疾病還是死亡，都能簡單整理成數字的殘酷行為，總令我感到抗拒。

這些圖表也是一樣。雇用率、失業率、經濟活動參加率等項目，與性別、年齡分布等指標，化成密密麻麻的數字，以橫向或縱向的形式塞滿圖表，我實在分不清活生生的人到底存在於哪一格的間隙。但我相信，這緊密排列的眾多四方格子裡，肯定能找到極光公寓的那五個男人。

那些不斷與我搭話的年輕人，成了民龍、然厚與祖克，而讓他們遇見伊恩與極光商會的老闆，則完全是我的責任。因為我被賦予了這份工作，因為讓他們相遇，所以即使過程十分艱辛，我仍甘之如飴。

關上圖表，我試著回想記憶中的萬陽路。等春天來臨，雙向一線道的道路兩旁將會開滿櫻花，濃密的樹蔭會籠罩整條街。走在這條路上的年輕人們可知道這件事？他們是否也知道，即使極光商會已消失在地表上，但極光永遠不會消失——

這會是真的嗎？

二〇二二年春天

李京蘭

專文推薦——

還是要有善良，才能活得不悲傷

文／盧郁佳（作家）

宛如《我們的藍調時光》的人情溫暖，南韓作家李京蘭的小說《極光商會的執事們》描繪浮沉補習街、魯蛇們的忽悲忽喜，「麻雀雖小也沒我雖小」，笨拙又絕望，看不到前途的一群人，跌跌撞撞、前仆後繼，追逐捕捉那神出鬼沒的人生方向。

初到補習街的菜鳥不解，為啥那麼多人交了補習費，卻翹課去喝酒、撞球、圍著電線桿抽菸聊天。等置身其中才懂，落榜一兩次，就知道自己不是那塊料。可是爸媽不放棄，孩子就不放棄。就算想下交流道，也找不到出口下去。

三十二歲的高普考生天然呆，讀貓飼料成分表，比K書還認真。本來住補習班宿舍，比租屋便宜，白飯、泡菜、湯免錢吃到飽，身為窮鬼好歹也能苟活到金榜題名。但要是沒考上，就虧大了。而又有誰能爽快承認再拚也考不上？自認不如人，也太可怕了。可是天然呆最拿手的，就是轉移焦點。他收養了野貓，明知有人餵，但他深信「養貓就代表有能力、有環境，還有適合養貓的個性」，祈禱不必再為缺東缺西而感到畏縮，養了貓就能當上合格的社會人。我說搞錯了吧，不是養貓，是要換長皮夾，《為什麼有錢人都用長皮夾？年收入200倍法則！改變25萬人的錢包增值術！》教你心態致富的說。

宿舍禁養寵物，總務屢勸不聽，再不搬就換總務被開除。天然呆不想害人，寧願犧牲，於是棄考公務員，打折退回半年補習費。這下全身而退，面子總算守住了（汗）。但要找租屋、求職，他卻藉口「我要餵貓」逃避。看來前途無亮啊。

比他小四歲，裝熟很會的陽光花美男，大學畢業不知道要做什麼，他爸就叫他考公務員。他爸以前花了十年考司法考試，錯過就業的黃金期。看來寄望兒子代父出征實現夢想，還沒死心啊。

聽說很多父母給小孩喝首爾牛奶，相信這樣就考得上首爾大學。花美男只考上三流大學，歸咎於從小喝雜牌牛奶，都怪爸媽，真是投胎識人不清、用人不明。可是他妹學霸也喝雜牌，害他沒藉口。

報了補習班，聽老師口口聲聲「就算三流大學畢業，只要努力也考得上公務員，首爾大學的不努力也會落榜」，馬上賣掉高考課本換錢，揪天然呆去喝酒，降格挑戰普考就好。為什麼聽到鼓勵反而腳一軟放棄？別人聽可能很勵志，聽在他耳裡卻是滿口「三流大學」、「三流大學」地罵。本書處處都是「說者無心，聽者有意」的心理描寫，技巧用得不著痕跡，令人佩服。

因為室友常帶女友回來辦事，嫌礙事逼他搬。於是花美男就氣噗噗，跟天然呆住進江南區待拆的破公寓了。沒水沒電，家徒四壁，鄰居全搬走。象徵尼特族失學失業，沒有組織保護，喪失社會身分的裸命狀態。

花美男明明可以靠臉去咖啡廳打工。但上工要繳健檢報告，健檢要棉花棒採肛門，這點他很哎呦。想追同事整型美女，但想到她也拿棉花棒蹂躪過大便的地方，放棄。工作輕鬆，但他討厭對陌生人鞠躬、低薪，討厭掃廁所，結果每上班一個月內必被開除。離家出走去網咖玩通宵，媽媽都會贊助。這輩子他最認真做的事就是跟媽媽要錢。

救命，這是阪元裕二日劇《離婚萬歲》、《四重奏》嗎？把毛很多的人刻畫得纖毫畢現，每個毛病都在敲鑼打鼓喜感洋溢。

天然呆同樣莫名在小地方卡住。小時候想當忍者，忍者要練（土遁）挖地術，可是他討厭指甲縫卡土，放棄。要練騎術，騎狗被咬，放棄。就是想要與眾不同，當眾表演後空翻，就摔個狗吃屎。恆毅力，掰掰～只能每天下午出席廢人聯誼會，去待拆遷的老雜貨店

「極光商會」，跟店老闆還有其他人生冗員喝啤酒，第一天五小時喝了五罐。

本來為申請失業補助才投履歷，一路應徵的公司卻越來越小、職缺越來越賽。政府打擊非典型僱用，規定超過兩年要轉正，結果約聘滿兩年必開除，立法不食人間煙火誒。天然呆職業自宅餵貓員，蹲久了心虛，一個人在租屋就不敢開冷氣。一下力勸自己有開冷氣的價值，一下又決心不開。

新家沒杯子，天然呆拿碗喝瓶裝水，花美男規定，寧可整瓶對嘴灌，也不能用碗喝，因為這是他的習慣。還規定泡麵先放調味粉再加水，因為這是他的習慣。兩三筆就點出，花美男內心的衝突，已成人際障礙。

分租室友社畜老爹登場，扮演臉皮薄、擺架子的臭老爸，重演花美男在家的父子衝突，透露了彼此為何有家歸不得。

每添一個新角色去碰撞，就揭開原先角色的一層皮。讀者像慢慢熟悉新朋友般，由爭吵中窺見，花美男貌似吊兒郎當、內心自卑逃避；透過老爹的眼睛，發現天然呆白目下的仗義暖心。

其實不選擇就是選擇。同樣害怕看不到未來時，靠家裡養的花美男選了「理想」，沒得靠的天然呆選了「現實」。人生卻不因決斷就一帆風順。「逃避雖可恥但有用」的求生自保模式，換個樣子，仍一直困擾他們。

本來天然呆已經憋到開始人窮志短，因為不敢開冷氣而教訓起自己。結果人外有人，天外有天。沒看過分租室友苦逼，不知道自己不算窮。

苦逼父母雙亡，祖母打零工，辣椒配飯硬是把他拉拔大。因為大家都念大學，所以苦逼也去念大學。沒錢繳學費，就輟學賺錢。被同鄉拉進類似柬埔寨詐騙集團的直銷公司，窮到午飯五人掏錢合吃一碗刀削麵、兩條飯捲。他的願望是獨享一條飯捲。兩個月瘦七公斤。

聞者垂淚。當事人卻只能設法無感。

不要說慘絕人寰，本書就是花式跳躍，每頁都可以更慘。祖母送苦逼的項鍊被偷，小偷同事被活逮還不認帳，苦逼才「盡完義務」逃離地獄。這樣夠了？沒有喔。日後巧遇小偷同事，拳頭都硬了，小偷同事還嘴秋：「你要感謝我。多虧我，你才能盡早脫身。我待太久都不知道該逃去哪了。」

原來詐騙集團是另一個補習班，一樣沒有出口，一樣徬徨迷惘。幹話一轉成了剖心相見，同事使壞，竟出於一念之仁，救不了自己，至少救別人。絕望又感人。韓國作品一向擅長寫這種刀子嘴豆腐心，用反差催淚。

要是沒人逼，苦逼會乖乖「盡義務」蹲詐團蹲到死，因為貧窮剝奪了對人生的想像力。但室友生活改變了一切。花美男看苦逼「窮得可怕」，送上咖啡探班，讓苦逼也學著開始買咖啡享受人生了。

苦逼看花美男那種從小衣食無缺才有的大方，既羨慕又生氣。但天然呆只寄了簡訊應徵，傻等到徵人期限都過了，還不敢打電話聯絡公司；苦逼聽完馬上替他打電話拿下工作，示範機會要主動爭取。原來窮小孩的強項，就是生存能力超乎常人。

苦逼告訴天然呆：求職要積極，畢竟一個一無所有的人，可沒時間在那邊猶豫不決、三心兩意。我們又不是別人，有定期收入可以領，現在不管什麼工作都得去做。

轉看那廂，花美男第二年又遇到老師重播「首爾大學」、「三流大學」激勵演講，壓力爆棚，花美男又想翹課不戰而逃。然而今年見識過人間疾苦了，換成苦逼，一定會精算，翹課每分鐘浪費了多少錢。於是花美男一咬牙挺了過來。

社畜老爹數落花美男不用功，正中要害。花美男也回敬，刺了老爹的要害。天然呆救場，又刺了花美男。簡直就是熱鍋上的家庭，讀者看了可能會煩躁想搬出去，一個人住就沒問題了。可是同樣的問題仍無所不在。

而室友磨合建立信任後，同住的資源互補，卻循序漸進克服了問題。花美男幫了苦逼，苦逼幫了天然呆，天然呆幫了社畜老爹，社畜老爹幫了花美男，正向循環有如大金冷氣舒爽不息。雖然房子很破，但苦逼從垃圾場搬回冰箱等，在火鍋啤酒歡聚、天災搶救善後，一次次同甘共苦中，失去夢想的人，找回了勇氣。

苦逼想，不會有公司因為天然呆很善良就錄用他。他想得沒錯，善良不能當飯吃。但善良卻讓苦逼願意幫天然呆，得以互惠共生。這群人能夠相濡以沫，而非如補習班宿舍住兩個月還沒見過同宿、詐團無下限互相踐踏發洩，是因為善良心熱。還是要有善良，才能活得不悲傷。

苦逼說破大家已經沒有「卡在小地方就放棄」的餘裕，其實天然呆、花美男接收到壓力，原本只會崩潰逃避。但因為有老爹像媽媽一樣，每天煮好泡菜粥撫慰全家身心，苦逼的施壓才會從毒變成藥。抗壓，重在壓力和支持力的比例。

作者去補習街找考生聊天，寫出了這本禮輕意重的小說。我想推薦給每位徬徨兩難卡住、想問算命的朋友。像是大家眼看自己快三十了、快四十了，常想現在的工作很雞肋，學不到東西，但也餓不死。看不到未來，看同學幹勁沖天、買房買車指日可待，想轉職又怕下一個工作不知道在哪裡。想著先撐半年再看看，年復一年，就這樣過了。或有人很煩另一半劈腿成性之類的，但「除此以外一切都很完美，再也沒人這麼適合我」，那到底要不要分手。

小說不會給你答案。但它上好的陪伴，會給人勇氣去探索內心的答案。

STORY 109

極光商會的執事們

오로라 상회의 집사들

作者　李京蘭

生於大邱，延世大學國語國文學系畢業後，曾於雜誌社任職，二〇一八年以短篇小說獲得《文化日報》新春文藝獎，正式成為作家。《極光商會的執事們》便是她的第一部長篇作品，另著有長篇小說《Dear My Songgolmae》，以及短篇小說集《穿紅裙子的孩子》、《沙漠與橄欖球》。

譯者　陳品芳

政大韓文系畢，韓中專職譯者。在譯界耕耘多年，領域橫跨書籍、影劇與遊戲等。譯有《不便利的便利店》系列、《剝削首爾》、《不只是遠方，把每一天過成一趟旅行》等。

時報文化出版公司成立於一九七五年，
一九九九年股票上櫃公開發行，
二〇〇八年脫離中時集團非屬旺中，以「尊重智慧與創意的文化事業」為信念。

副總編輯—邱憶伶
主編—尹蘊雯
封面設計—之一設計
內頁排版—芯澤有限公司

董事長—趙政岷
出版者—時報文化出版企業股份有限公司
一〇八〇一九臺北市和平西路三段二四〇號三樓
發行專線—（〇二）二三〇六六八四二
讀者服務專線—〇八〇〇二三一七〇五
（〇二）二三〇四七一〇三
讀者服務傳真—（〇二）二三〇四六八五八
郵撥—一九三四四七二四 時報文化出版公司
信箱—一〇八九九臺北華江橋郵局第九九信箱
時報悅讀網—http://www.readingtimes.com.tw
電子郵件信箱—newstudy@readingtimes.com.tw
法律顧問—理律法律事務所 陳長文律師、李念祖律師
印刷—勁達印刷有限公司
初版一刷—二〇二四年十月十八日
定價—新臺幣四二〇元
（若有缺頁或破損，請寄回更換）

極光商會的執事們／李京蘭（이경란）著．陳品芳 譯．-- 初版．– 臺北市：時報文化，2024.10；240 面；14.8╳21 公分．--（STORY；109）
譯自：오로라 상회의 집사들
ISBN 978-626-396-646-8（平裝）
862.57　　113011674

ISBN 978-626-396-646-8
Printed in Taiwan